23

閒

趙曉彤 著

目錄

關於記號

關於寫作

序：推開門扉，看見月亮

〈角落生物〉是我的第一篇專欄稿，二零二一年十月刊登於《明報》時代版，專欄名為「寫作角落」是因為當時喜歡角落生物。角落生物漸漸成為過氣卡通明星，我仍在寫專欄。每個月寫五千字，每年寫下六萬字，寫了超過廿萬字，其中約五萬字結集成《閒》。

「閒」是一種觀察世界的方法，也是感受世界的方式。首先你要閒下來，然後推門外出，再抬頭發現，才會看見月亮安靜地照亮著每個幽暗的晚上。把自己困在房間裡，或是在黑夜裡低頭，就不會看見溫柔的月光。為甚麼我寫作？其中一個原因，是要記錄我見過的微小而真實存在的光芒。

閒來無事，是小時候養動物的原因。「關於動物」寫了養動物和看動物的經歷，有些動物只是相處了短暫時間，但一直記得牠，謝謝牠們來過我的生命。「關於天氣」其實也是關於動物，同時關於一個城市的集體記憶。

「關於快樂」是這幾年反覆思考的問題，以及生活實踐。富不一定快樂，窮不一定快樂；忙不一定快樂，閒不一定快樂；和世界對抗不一定快樂，與世界妥協不一定快樂。快樂在哪裡？快樂重要嗎？

「關於社區」記錄了香港的遊歷，旅行為甚麼要坐飛機到遙遠的地方？香港也有很多值得細看的人、事、物。最近的心願清單多了一項：撰寫、繪畫、出版關於香港的旅行手帳。「關於記號」是一堆難以分類的文章，它們就像書頁劃下的記號一樣，是我在平凡日子裡想要「畫個記號」的事情。

「關於寫作」是對寫作的思考，回溯了從小到大為了寫作而走過的路。如何成為別人眼中「作家」的社會角色？很長時間，我都認為自己是逆風而行、努力爭取所以成為「作家」，最近卻認為是命運安排，命運安排了你經歷一些事情，令你一定要寫下來，否則不安樂。因為經歷接著經歷，所以不斷寫作。

2025年5月

關於動物

涼

養倉鼠記

小時候養過倉鼠。小時候養過很多動物：雞、鴨、金魚、烏龜、七星瓢蟲、地上撿到的傷鳥……我總是忽然帶一個新成員回家，家人覺得我這樣子很煩，煩在要一起照顧。

小學六年級，香港開始流行養倉鼠，家人立即向我下達禁鼠令，我認為禁令就是一項提醒，提醒我要養一隻這麼可愛的小動物。住處樓下的街市很快開了一檔賣倉鼠的，最便宜那種小灰霸倉鼠七元一隻。當時我讀上午校，由於常常欠交功課，班主任要我和幾個同學下午留在學校做功課。由於班主任找了一個課室陪伴我們做功課，又有同學一起做功課，我完全不抗拒留堂，不懂做功課還可以立即問老師真好。老師在課室裡一邊改簿，一邊低度照顧我們，他常常改著改著就睡覺了，反而我們一群小孩子精靈活潑。

那是位於啟業邨的一所小學，當時我住在公公和婆婆家裡，母親忙著工作，婆婆和公公把我照顧得很好，婆婆煮飯給我吃，公公接送我上學、放學，簡直是我童年備受照顧的高光時刻，可是老人家不會理會我的學業，雖然我的婆婆是多麼期待家長日，可以和班主任聊天一小時。讀大學時，已經和小學班主任斷了聯絡，回想舊事，才明白老師那時罰我們留堂根本不是罰，而是一份心意。屋邨小學雖然也有家境較好的同學，但不少同學住在屋邨，沒有家庭問題已是大幸運，懂得照顧子女課業、可以帶小孩子到補習社的家庭不多。班主任當年是替我們免費補習，把小學生照顧至在職父母下班後才讓我們回家。

當時住在狹小的油塘家裡，沒有間隔的起居空間很細小，放了一張雙層床後，餘下的空間只夠放一張梳化床、一個電視櫃、梳化和櫃之間一張吃飯用的小茶几，以及電視櫃旁邊的一張書桌。我不知道自己需要一張讀書用的書桌，可是我從小到大都有書桌。因為要罰留堂，我每天都有午飯錢，只要吃一餐三文治做午飯，我就儲夠七元。我買了一隻小灰霸回家，放在書桌的抽屜裡偷偷養著。抽屜四邊都有縫隙令倉鼠不會焗死，但又不會爬出來。幸好是秋冬天，我穿著長袖冷衫，上學把倉鼠放在衫袖，那隻名叫魚魚的小灰霸十分乖巧，安靜陪我上課。回到家裡，老人家開電視是很大聲的，電視聲完全掩護了魚魚的動靜。

魚魚的秘密生活歷時三天？五天？一星期？我忘記了。偷偷養著一隻倉鼠的壓力很大，魚魚也不能永遠不見光。我的一個要好同學住在我家附近，她也有養倉鼠，她願意暫時收留魚魚，而我每天放學都會到她的家裡玩，照顧魚魚，靜候帶牠回家的時機。機會很快來臨。聖誕節，同學要全家回鄉探親，把她的那籠倉鼠連同我的魚魚帶來我家暫託，聲稱全部是她的倉鼠。我要在聖誕假期積極培養婆婆和倉鼠的感情。

當時，倉鼠住在廚房，婆婆常常都在廚房。一天，婆婆向我投訴白色倉鼠咬了她一口。如果婆婆不是主動伸手進籠摸鼠，鼠又怎會咬得到她？雖然白色倉鼠是同學的倉鼠，然而我知道計劃邁向成功。假期結束，同學到我家取走一籠倉鼠，魚魚理所當然留下來了。婆婆和媽媽雖然罵了我幾天，但據我觀察人類和倉鼠的互動，我十分清楚她們已經喜歡魚魚了，不會有「放生」危機。後來我再養的兩隻灰色倉鼠小紫王以及兩隻奶茶色倉鼠小露寶，都是家人允許我養的，兩隻小露寶更是和母親一起到旺角寵物街帶牠們回家。

母親經常說：「倉鼠是我們的家人。」我認為這是一種手段，警告我要為小生命負責任，不要只陪玩不照顧。最初，我非常積極照顧我的倉鼠，但我認為倉鼠是倉鼠，人類是人類，牠們就是我飼養的小動物而已，家庭地位沒有那麼高。因為兩隻小紫王後來生了一胎七隻小倉鼠，高峰時期，家裡逾十隻倉鼠，每隻鼠都有自己的專屬名字，也有牠們鼠鼠不同的獨特個性，我們還可以憑外表區分九隻小紫王。

後來我升上了路途遙遠的全日制中學，不再是那個只需要上午上學、回家便無所事事的小學生，課後有活動、回家有功課，我把照顧倉鼠的責任完全外判給母親，她一邊罵我，一邊把每隻倉鼠好好照顧至善終。那兩隻小露寶很兇猛，會咬人，不和人玩、不給人摸，替牠們清理籠子要把雙手保護好，但母親還是把牠們照顧至善終。我明白每一隻動物既然來了我們家居住，就是珍貴的家庭成員，是後來養貓學懂的事。

撲殺倉鼠的新聞令我回想起養倉鼠的舊事，很感謝家人從小教導我尊重生命。

2022年1月

2025年4月修訂

養雞記

小時候在廣州住過一年，養過雞。

放學時間，學校門口好像一個小孩子的市集，有很多想要賺小朋友錢的小販在這裡開檔，我最常光顧的是一個麥芽糖畫家，只要有人「落單」，他立即煮熔麥芽糖，把竹籤放在大理石上面，一邊把熔化了的麥芽糖漿倒至大理石一邊畫畫，只要五毛錢，他就會畫一隻麥芽糖小動物給你吃，如果想看他畫大公雞，要一元。我經常購買大公雞，為了看他畫畫。

有日放學，來了一個賣小雞的小販，一大堆毛茸茸很可愛的黃色小雞一元一隻，我不買麥芽糖了，今天我要買小雞回家做寵物。那一年，我在表姐家裡寄居，表姐比我大兩年，和我讀同一所小學，她見我和小雞玩得開心，也想要一隻小雞。第二日放學，我們又多買一隻小雞回家，然後買了雞籠和雞糧。只有大人在家時，雞才在雞籠裡，雞通常是通屋走的。雞也常常吃人類食物，有晚，姨婆煮了美味的冬瓜羹，小雞的糧兜就是一雞一碗迷你冬瓜羹。

第一天買回家的小雞很瘦，那是我的小雞；第二天買回家的小雞很胖，是表姐的小雞。我們住在舊房子，常有蟑螂出沒，我原本很怕蟑螂，姨婆說吃蟑螂對小雞有益，我就鼓起勇氣擊斃蟑螂，只放我的小雞出來吃，表姐的雞留在籠子裡。如果兩隻小雞同步出籠，我的小雞總是爭輸。表姐的雞應該很討厭我，可是我不在乎，我要偏心我的寵物。

我不知道一般來說小雞長成大雞需要多少時間，因為我和表姐是非常溺愛我們兩隻小雞的，悉心照料，雞長大得很快。某日如常放學回家想找寵物雞玩耍，籠子裡的雞不見了，大人在廚房裡煮飯。我終於找到雞了，在飯桌上。那晚的晚飯是雞湯。我和表姐躲在房間裡不吃晚飯，以後也沒有在表姐家裡養動物。

2022 年 2 月

2025 年 3 月修訂

養龜記

小時候養過龜，牠比我的手掌細小。母親曾經在船上工作，我每逢放假就在船上居住。母親的房間忽然多了一缸魚，我忘記了魚缸裡有沒有魚，只記得水面有個小小的浮台，一隻烏龜趴在上面。聽母親說，原本有兩隻烏龜，她換水時摔死了一隻，剩下這一隻悶悶不樂的喪偶烏龜，很敵視她。

母親上班了，只有我留在房間。我未養過龜，不了解龜，不知者不懼於是我拿起烏龜研究牠，龜嚇得把手腳頭全部縮進殼子裡。我決定要和這隻抑鬱的龜培養感情，一直拿著小龜，已經忘記了對牠做過甚麼，總之經過一夜相處，烏龜的頭頸手腳全部任我摸。

冬天，母親把烏龜帶到我們的陸上居所，烏龜可能需要冬眠，動作很慢，可是我想烏龜陪我玩，就在水族店裡買了一瓶看起來很好吃的蝦乾，原本只想睡覺的烏龜，一見蝦乾靠近立即兩眼發光游過來。最初我是很正常地餵龜吃蝦乾。很快覺得很悶，要和烏龜玩一些遊戲。我把蝦乾拿高一點，訓練小龜摸著水盆邊緣站起來，再跳起來吃蝦乾，後來訓練牠跳起轉身再吃蝦乾。為了好吃的蝦乾，烏龜放棄了冬眠，每日陪我玩。

春天，母親說要把烏龜接回船上居住，我從此沒有見過烏龜。很久以後，母親告訴我，因為她的不小心，烏龜死了。我傷心了很久。

我每次說起烏龜，母親都要我收聲，所以我每年都會說起烏龜。

2022年2月

2025年3月修訂

社區貓

我的社區充滿貓咪，因為鄰近村落，不少人類放養貓咪，所以很難區分街上哪隻貓咪是有家的、哪隻貓咪是流浪的。曾經跟在一隻貓咪身後散步，小銀貓走過每家門口都喵喵幾聲，沒人應門才走。終於走到一個門口，有人拿了一小碗貓糧給牠。我問這是她家的貓咪抑或流浪貓？她說這是村口那一家人的貓，每天下午都逐家逐戶問人拿食物，她怕小銀貓吃太多，只給她一點兒有營養的零食。

賣帽子的店鋪養了一隻短尾貓，收鋪後，貓坐在店外的木頭車上，也會到附近散步。不知道牠是偷走出來，抑或沒有在落閘之前趕回鋪裡。問店主，店主說牠懂得找路走回店裡。最初在木頭車上看見牠，牠只是一隻目測兩個月大的幼貓，我常常和牠打招呼，也許因為從小相識，牠會主動和我玩。我們的感情很純粹，我沒有餵過牠任何食物，牠還是喜歡和我玩。每逢紅日，店鋪關門後，可愛的短尾貓站在木頭車上引來遊客排隊摸貓，牠的樣子明明很厭世，但牠要守護自己的木頭車。

白貓與短尾貓相隔一條馬路，白貓常常蹲在花槽，看起來是一隻老貓，而且有點髒，有人說牠是流浪的，又有人說牠有人養。這個位置還有其他貓咪，一隻狸花貓常常走過來和我傾偈，我叫牠做傾偈貓，我喵一聲，牠喵一聲，可以這樣傾談很久。有次我們傾偈時，另一隻白貓走過來跟傾偈貓喵喵兩聲，像是在說：「她沒有食物，不要理會她。」便帶著傾偈貓走了。我叫這隻白貓做搭嗲貓。正午時分，三隻貓都在花叢裡面睡午覺，傍晚出沒攔截途人。

白貓最長時間蹲在路邊花槽，所以牠獲得最多食物。我討厭餵貓卻又沒有手尾的人，有次經過白貓出沒的位置，我看見一罐吃剩的、爬滿肥蟲子的罐頭。我又常常看見野鳥飛來吃貓罐頭，貓有時站在旁邊看，可能貓是未吃完罐頭的，但雀多勢眾令牠不敢搶回食物。

我家樓下也有野貓，看著牠們一家五口一起長大，很喜歡牠們。可是不時看見一些好像是扔垃圾一樣扔在地上的貓糧、花叢底下吃完並且積了雨水的貓罐頭。有次，我又在白貓的位置很厭惡地扔掉了一個貓罐頭空罐，回到住處樓下，聽見兩個保安交談說，剛才又清理了一堆空罐，「惹咗成堆蟲，真係好核突」。

2022 年 11 月

2025 年 3 月修訂

五月七日，忽發奇想：「如果我可以成功雕刻到一個印章，我就可以在新書簽名時蓋印章。」小學六年級在美術課接觸過版畫，雕刻了一朵蓮花，以後就沒有接觸過雕刻刀，也沒有買過任何雕板，包括橡皮印章的雕板。

一如每次學習新事物，首先上網看看 YouTube 老師的教學方案，再問問做過橡皮印章的朋友要買甚麼工具，便出發去文具店買印章、雕板。翌日買了六個全新未開封的「二手」印台，只需要原價的六分一價錢，晚上雕刻了一隻貓咪，我的第一個印章。

貓的手上捧著一個蘋果，是我後來雕刻的小印章。蘋果是我的家貓小壯暫時最討厭的食物，有次我吃蘋果，小壯走過來一嗅，立即一臉嫌棄地看著我和蘋果，嫌棄難聞的食物，也嫌棄吃難聞食物的人類。我把一片蘋果遞給小壯，牠立即退後且打我的手，牠不打蘋果，不要碰到蘋果。

白骨頂

二月尾的早上，來到大生圍魚塘看鳥。雖然只有十五、六度，也大風，幸好晴天令萬物色彩明朗，魚塘是倒映天空的水色，而天空與水都是晶瑩飽滿的淺藍色，魚塘外面圍著一層淺啡色野草，淺啡色外面是一層翠綠色野草，翠綠色又被米黃色野草包圍……真好看。我走近魚塘拍風景，綿綿的風吹動了連綿波浪，水裡長著一叢叢直立的水生植物，一些黑色小鴨在植物之間穿梭。

原來不是鴨，是冬候鳥白骨頂。雖然牠們是用鴨子浮在水面的姿勢飄浮著，而且叫著「鴨、鴨」的聲音。牠的名字有點恐怖，白骨令我聯想起骷髏骨頭，是危險、生人勿近的警告，然而白骨頂卻是一隻橢圓形的可愛肥鳥，除了鳥喙與額骨是白色以外，全身都是黑羽，牠的身體橢圓，額與嘴的相連線條是一條溫柔的弧線，就連鳥喙的尖端也是鈍角的，一副不會傷害天地萬物的樣子。

牠主要吃水草，不知為甚麼長得那麼胖。牠也吃昆蟲、蠕蟲。牠很會潛水，像海豚一樣躍起再滑入水裡，消失不見，隔一會在水面另一位置浮出來。還會像車輪一樣原地潛水轉圈。牠用力躍起時，腳掌露出水面，帶著水花潛入水底，兩秒後咬著一條水草原地旋轉回到水面，咀嚼著水草。

一群白骨頂待在魚塘，與赤頸鴨、琵嘴鴨、綠翅鴨、鳳頭潛鴨一起覓食。吸引眾多鴨子聚集的魚塘，長著不少較高的水生植物，小鳥可以躲藏其中；池中央有一些浮台似的平地，地上長著淺草，一隻步姿笨拙的白骨頂走上平地曬太陽，另一隻水中白骨頂忽然抬頭挺胸張開翅膀、快速拍動雙翅，像在水上行走一樣從水面走到平地再走回水面，可能牠要從平地的一端走到另一端，但實在不喜歡自己走路的笨拙樣子，便快速「飄」過。

白骨頂的腳掌很醜，前面三趾後面一趾。前面的腳趾都不相連，每一隻腳趾都長得好像一串蝴蝶串燒，如果想像不到，請自行Google。牠們的醜腳掌除了在浮水時負責向後踢水、起飛時負責在水面助跑，也是打架時與同類互踢的武器。不知道牠們起飛腳之後，會不會失平衡跌倒。

《香港及華南鳥類》形容白骨頂的「絨毛幼鳥樣貌難看」，真是一句主觀的形容。於是我Google白骨頂幼鳥的照片看看，明白這是一句客觀的形容。絨毛幼鳥時期的白骨頂是禿頭的，頭頸之間長著紅、黃、橙羽毛，鳥身則是稀疏的黑毛，那雙黑色大眼睛並沒有令牠們不醜。

2023年3月

2025年3月修訂

照顧一尾魚

她第一天把金魚帶來我家，我便開罪了牠。

金魚住在一個熱帶雨林的底部，雨林由許多肥大翠綠的樹葉蓋成，最高處有一朵鮮艷的紅花，吐出一條鵝黃色花蕊。雨林與魚缸的比例是一比一，可是雨林住的地方較多，它的根莖毫不客氣地伸到金魚的居住空間吸水，這幾條根莖成為金魚游水的障礙物，使牠的游水生活不會太無聊。金魚一邊游水，一邊產出許多大便，牠好像一部迷你肥料製造機，專門服務熱帶雨林。所以，她前來暫託的是金魚，我也是每日只餵金魚，但我不知道我在養的到底是金魚還是雨林。

她把小魚連同雨林放在雜物櫃頂，我們立即離家。晚上回來，開燈，看魚，金魚完全靜止地躺在魚缸底部的魚糞便上，身上還附著一條長長的屎。牠的姿勢很像一條擱淺的魚。牠死了嗎？我開始害怕，用手輕輕拍打牠旁邊的玻璃，牠隨波逐流地飄後了兩步，我不知道這是牠的游泳，抑或我的拍打震動了水波，我便在牠新躺下的位置再次輕輕拍打玻璃，一會兒，牠開始緩緩游動，繼而愈游愈快，游到我的面前，嘴巴不斷開合，好像在說：「信唔信我衝出嚟打你？」原來牠是睡了，我鬆一口氣。

一整晚，我一經過魚缸，牠就立即游過來，一臉兇惡地盯著我，令我明白魚的記憶力不止七秒，魚如果要記仇，也可以記很久。

她到了異地旅遊。她說魚是想要食物，人人走過都會這樣。我拿起魚糧在金魚面前搖搖，牠立即雙眼發亮，興奮得上下游動，嘴巴吐出了幾個泡泡。我區分到了，牠看魚糧的表情是興奮，看我的表情是氣憤。

我發現金魚的好奇心很強，朋友來訪我家，帶來了一隻塑膠小黃鴨，放在魚缸旁邊想要和魚合照，金魚立即合作地游過來，一臉疑慮地打量著這從未見過的物件，我拿起黃鴨擺近一點點，魚立即鄙視地游開。

金魚十分好騙，牠每天的食物份量是四小顆紅色魚糧，我通常在傍晚餵牠，一拿起放在魚缸旁邊的魚糧，牠就立即游過來，興奮地上游、下游和擺尾，像小狗擺尾一樣。待我用食指和拇指夾著魚糧並逐顆掉落魚缸，牠立即垂直游動，以吸食水面的魚糧。不消三十秒，美好的進食時間結束。餘下的廿三小時五十九分三十秒，是牠每天等食時間的總和。這段等待時間，我有時會把魚糧放在手指上，牠立即歡快地游過來，跟隨我的手指移動……一會，臉上就是「信唔信我衝出嚟打你」的表情。

金魚也很夜睡，第一天我以為牠死了其實是睡了，才晚上十一時，我因此誤會牠是早睡早起的晨型動物。後來我常常看見牠在凌晨兩三時游來游去。

頭幾天是金魚的安居時間，後來因為母親感染了新冠肺炎，很快傳染給我，金魚只能住在疫區，每天看著兩個發燒的人類，以及狂嗅消毒藥水。看醫生，醫生替我檢查身體和開藥單後，問我有甚麼想問，我問他金魚會感染病毒嗎？醫生問我金魚有多大條，我給醫生看金魚的照片，說是拇指那麼大條，醫生說不知道，他只醫人類。

頭兩天病得昏昏沉沉，但要記得餵魚。又過了兩天，我還未痊癒，她回香港了，帶手信到疫區，順道帶走金魚。

2023年5月

後來分別做了宮粉羊蹄甲和金魚的印章。

我曾經想寫一系列香港行道樹的文章，寫了第一篇木棉花、第二篇宮粉羊蹄甲……有次我在一幢古跡學校的走道觀察窗外的宮粉羊蹄甲，它的樹齡約三十年，很高大，許多小鳥在樹上吃花蜜。我和A一起看了半小時，晚上我便花粉敏感，眼睛敏感得要看醫生，寫花樹的計劃只能暫停，可能要買護目鏡和口罩再開始觀察、寫作。

金魚印章的樣子就是在我家裡住過的那尾金魚，雖然只是相處了短暫日子，但仍然記得牠的性情和喜好，以及豐富的表情。更重要是牠陪我經歷過一場病，當我想起一位好醫生，就記得這尾金魚。謝謝金魚來過我的生命，陪伴過我。

水族

陪朋友買魚，發現新天地。到底可以在哪裡買魚？我們在西營盤吃著下午茶，朋友說：「我搜尋西營盤和買魚只是找到街市的魚檔……」我問她要不要改為搜尋「西營盤和觀賞魚」，我低頭用電話尋找十數秒，找到附近有一間水族店。

從來沒有買過魚，食用魚和觀賞魚也沒有買過，第一次走進水族店，立即被螢光筆顏色的一缸小魚吸引住，牠們穿得真好看。又看見店裡的一缸孔雀魚，有些身穿寶石藍上衣暨豹紋裙子，有些身穿牛奶白上衣暨豹紋裙子，每條魚都盛裝打扮，我想起我們形容別人盛裝打扮是「著到成隻雀咁」，以後也可以形容為「著到成條孔雀魚咁」。

很快又看見一些肥肥的小魚以「浮浮、沉沉沉沉」的方式游水，牠們好像一個半滿半空的氣球在水裡漂動，泳姿有趣，問老闆這是甚麼，原來是雞泡魚，一挑釁就會漲成球狀，老闆邊說邊撈起幾條魚，小魚一離開水，立即憤怒成小球。

每個魚缸都有數條清道夫，大魚的魚缸住著黑色的大清道夫，小魚的魚缸住著肉色的小清道夫，我以為清道夫是吃魚屎的，問那個一直坐在店裡的阿姨，養了清道夫可以不換水嗎？阿姨說清道夫不吃屎，牠的工作是擦玻璃。

又看見一條合不攏嘴的黃魚，牠長著一副一直在笑的樣子。牠是黃鸚鵡，兩顆眼睛跟小葵花鳳頭鸚鵡的眼睛一模一樣，那個無法合上的嘴巴也好像鸚鵡鳥喙的形狀，牠的性格也像愛湊熱鬧的鸚鵡，一見我拿手機拍牠，立即游過來。

從來只留意「陸族」生物，第一次發現「水族」也很有趣，難怪那麼多人養魚。

2023年5月

2025年3月修訂

觀看的距離

鯨魚來港給人類包圍觀賞至死，很難過，所以寫下這篇。

夏天的「香港燕子季」結束了，今年和燕子的緣份很淺，不像往年夏天總是目擊著燕子長大。從前住在觀塘，樓下常有燕子出沒，燕子非常親近人類，甚至比麻雀更不怕人，樓下茶餐廳的招牌總有燕子築巢，似乎不知道這裡是人類的餐廳，是一個進食動物的地方。

燕巢的位置是人類伸手可以觸碰的高度，晚上，燕小孩睡在燕巢裡，燕爸媽則睡在燕巢旁邊可供站立的位置，茶餐廳外面有一些廿四小時亮燈的光管，燕子卻不怕熱也不怕光，把自己縮成一顆圓形毛球，鳥頭靠在自己的鳥背上面安心睡覺。感謝燕子那麼不怕人，我才可以近距離觀看一隻鳥的行為。我想，茶餐廳的老闆和員工也是歡迎燕子的，所以燕子年年住在這裡。

後來搬到離島居住，更是四圍都是燕子，郊區的燕子比市區的燕子更早抵港，二月已經看見燕蹤。我每年都看著燕子築巢、孵蛋、小燕破殼而出再長大離巢，今年甚至看見一個一巢六小燕的燕子擠迫戶。鳥書說，「燕子通常一巢三至五隻小鳥」，因為這項資訊，我經過燕巢總會「數鳥頭」，也確實通常只看見一巢三至五隻小燕，另外加上燕父燕母各一。這是初夏的燕子陣勢。

盛夏的燕巢更是燕多勢眾，因為第二巢燕子也出世了。初夏生了一巢燕子，待牠們長了羽翼可以離開燕巢，燕爸媽立即在原本的燕巢再生蛋，這巢燕子出生了，睡在巢裡，巢外除了燕爸燕媽各一，還有那些剛長羽翼、剛學飛翔的燕哥和燕姐，兩群航空新手跟著燕爸媽學飛，常常站在電線上努力保持平衡，風一吹，牠們拼命拍翼才很勉強地繼續站在電線上。成鳥的飛翔是淡定的，幼鳥的飛翔是尷尬的，夏天過去，燕爸媽就帶著這六至十隻香港出世的小燕一起離港。

說回那一巢六口的小燕，牠們的父母應該是人類忽然有了三胞胎或四胞胎的概念，雖然想要育兒但完全沒有心理準備要育那麼多，而且燕子在產蛋之前應該不知道會有那麼多隻蛋，所以牠們築的燕巢沒有特別大，六隻小燕只好拼命把鳥身塞在巢裡不要跌下來，又拼命把鳥頭伸出巢、張大嘴巴希望爸媽把辛苦捉來的蟲子塞進自己嘴巴裡。六燕的鳥巢在商鋪旁邊，巢下人來人往，我刻意走遠一點，和燕巢保持距離再細看牠們。

我不會假設野鳥不害怕我，我是一隻比牠們大很多的動物，難得牠們找到一個安心棲息的地方，如果牠們因為受驚而要另覓居所，太可憐了。即使牠們不害怕，我也不想走近牠們，不想和牠們建立情誼，人和鳥的最理想關係是共享同一社區的資源，而不打擾彼此。

有些動物，例如白鴿，一見人就衝過來討吃，牠們其實是怕肚餓多於怕人類。聽過一個說法：燕子是為了躲避猛禽攻擊，才在人類居所築巢。所以牠們不是不怕人，而是更怕被猛禽捕食。人類眼中愈是嬌小可愛毫無殺傷力的動物，在大自然裡愈是弱勢。

我不想和野生動物建立感情，每次遇見人類強行把「人性」加在野生動物身上，我就很頭痛，人類有獸性，獸類卻沒有人性，何必把「我要擁有一個野生動物朋友」的貪念加諸於一隻動物身上？然而這類人勸導不到，也教導不到，因為他們的眼中只有「我」，就連看見一隻野生動物也只想著「我」怎樣獲益，而不是怎樣善待動物。

觀鳥，或是觀看任何野生動物，請保持適當距離，不要讓動物發現你在看牠。當牠留意到你留意牠，請離開吧，牠已經有壓力了。（如果野生動物留意到我而毫無壓力，那可能是因為牠兇，我開始有壓力了……）

兩年前，我在住處樓下遇見了人類一家三口，父親推著嬰兒車，母親拿著一袋麵包不斷把麵包撕碎拋上燕巢，我請他們不要這樣做，人類父母表示他們已在燕巢下面站立很久，燕爸媽一直沒有飛回來，擔心小燕餓壞才買了一袋麵包餵鳥。我說，燕爸媽一直不敢飛回來，就是因為他們站在燕巢下面，請他們先走開兩米。我和他們走開十步，燕爸媽立即飛進燕巢餵仔。

2023年8月
2025年3月修訂

觀察小麻雀

下午是社區雀鳥觀察課，一個學生的任務是製作一件關於麻雀的展品，他努力查找網上資料，卻缺少對麻雀的親眼觀察，這很奇怪，明明麻雀幾乎無處不在，「由於生活忙碌……」他解釋。

我給他看了一些麻雀的網上照片，其中一張是麻雀在水裡的出浴照，「我沒有見過麻雀沖涼，不知待會見不見到？」「一定見到。」麻雀除了喜歡玩水，也喜歡在沙子裡打轉洗澡，平日我們看見街上的泥沙地，莫名出現一個個圓型淺坑，這裡就很可能是麻雀的浴池。

出發觀察了，我們來到學校旁邊一個正方形公園，最初，我們在等過馬路時，看見一排麻雀站在串錢柳樹上梳理羽毛，好像樹上結滿了毛毛球果實，於是，我們走到了這個夾在兩幢舊樓、兩條馬路之間，細小得不起眼且很少人使用的轉角公園裡。看完麻雀在樹上梳理羽毛，我們的視線隨著麻雀低飛而降落到灌木叢底部，果然，牠們挖了一個個小沙池正在洗澡。麻雀這樣做，是要清走身上的蟲子。

我們的視線又轉移到了一群淺草裡低頭啄食的麻雀和珠頸斑鳩。最初，牠們非常分散地啄食，我猜想牠們兩種雀鳥都是在啄食草種籽，以及剛長出來的幼苗。剛才我們討論麻雀的飛行高度時，學生說他住在十六樓，麻雀還是飛得夠高，飛來啄食他在陽台種的蕃茄。雀鳥忽然全部聚集一起圍著吃一個白色東西，待牠們吃剩一點點，我們走過去看，原來是一小團白飯，不知哪隻聰明的小鳥找來了這頓豐富晚餐。一個市區小公園，已足夠觀察麻雀的習性和生活。

2023年10月

2025年3月修訂

梅窩的郭醫生

數日前知悉郭嘉祥醫生離世，很難過呢，想起梅窩只有額滿即止的公立門診醫療服務，郭醫生的診所令病者可以在下午看病，不用舟車勞頓出島求醫，不知道此後有沒有人接棒服務大嶼街坊，特別是老人家。

第一次看郭醫生是在五年前，我的鼻子不適，每晚都要坐著睡覺。郭醫生用一個貌似三角鈴樂器的物件放在我的鼻樑輕輕敲一下，排除我是鼻竇炎，「是不是很神奇？這樣簡單的工具，就可以判斷疾病。」他也叫我看看診所裡的其他自製工具。診症後，他建議我看專科醫生，還詳細解說應診步驟。

那次看病不久，訪問一個傳媒常客醫生，醫生知我坐船到梅窩，問我識不識郭醫生，「佢係我大學老師嚟，好勁㗎。」受訪醫生說郭醫生最初在大澳開診，從前大澳交通十分不便，所以他用簡單材料自製工具判斷病情。

我通常是在外出工作時，經港島或東涌看醫生。一年半前第二次看郭醫生，因為同住家人中了肺炎，我想取藥物保平安。來到診所樓下排隊，和前面排隊的街坊聊天，「呢個醫生好好㗎！我阿媽行唔到樓梯，郭醫生係嚟我屋企睇病㗎。」郭醫生的診所位於唐二樓。

醫生聽聽我的肺，然後與我閒話家常，問我有沒有擔心甚麼，我說我家裡寄養了一條金魚，醫生問：「條金魚幾大㗎？有無相睇吓？」然後和我聊了很久金魚。沒有肺部的金魚應該滿腦問號，那次我覺得他很喜歡和街坊聊天。

醫生離世後，看見街坊群組的悼念信息，才知道醫生原來已經服務梅窩四十年，而且是每日專程從港島駕車到大嶼山服務街坊。謝謝郭醫生，一路好走。

2024年11月

關於天氣

好熱好熱

今年夏天好像特別熱，又熱又焗的天氣，令我常常留在室內不肯外出，從前坐慢船很少會坐冷氣艙，今年卻是六月開始離不開冷氣艙。

我常常鼓勵學生在寫作課走出課室找靈感，靈感是要主動尋找的，想寫下來的人、事、景、物是要主動遇見的。可是今年實在太熱，早上的寫作課，我比學生更想留在冷氣地方，也不敢待在戶外太久，怕學生中暑。

夏夜也有寫作課，原本以為晚上會涼快一點，但仍是又熱又焗，很難享受這場夏夜散步，嘗試變陣：課室原本位於山腰，先相約學生在山下的大排檔一起吃飯，在大排檔談一會詩，然後各自走回課室，沿途順道尋找靈感寫詩。如果學生覺得太熱，可以早點回到課室，在室內開著空調隔著玻璃觀察窗外風景。

下課已是深夜，我要坐船回家。下船了，沿著河流走回住處，晚風吹來時，把水的涼快一併吹來，原來這就是「夜涼如水」。七月更熱，即使沿著河流走路，也感受不到半點涼意，攝氏廿八度或以上的「熱夜」已經持續了半個月。

人類靠冷氣消暑，鳥類和牛類又靠甚麼消暑？鳥類會找個樹蔭躲起來休息，如果樹下有水，就會歡樂地玩水，正午也會飛進屋簷下、或有冷氣的地方避暑。我繼續走回家，迎面看見兩隻黃牛在一個路邊的水龍頭一邊喝水一邊洗頭，我從未見過水龍頭開到那麼大水，濺起很大的水花。據島民說，黃牛懂得自己開水龍頭，我未見過牠們開，只見過牠們玩水、喝水，倒是常常看見牠們一群牛玩完水便拉大隊離開，很快有人過來關掉水龍頭。

後記：我看見牛用牛角開水龍頭了。

2022年7月
2025年3月修訂

木棉花

每年春天，我都十分關心木棉花是否開花了。雖然不喜歡鮮艷奪目的顏色，但是木棉花除外，因為它非常漂亮。

隨處可見的木棉樹，一些很高大，一些很矮小。原本，我對木棉樹的刻板印象是它們一定是高大的、健壯的、筆直的，可能是因為市區較多這個樣子的木棉樹，來到離島才發現木棉樹也有矮小的，看起來並不筆直，也許因為樹幹和樹冠的比例接近一比一，樹冠太大，又沒有足夠的樹葉掩藏樹枝，密密麻麻的橫生樹枝令木棉樹看起來頭大身矮。

我家樓下有高大木棉和矮小木棉，水鳥只喜歡高大的木棉，河邊一棵高大木棉樹是一隻白胸翡翠的跳水台，牠常常站在距離水面很高的枝上，專心監察河裡那些游來游去的魚類食物。為甚麼牠不找一個矮一點的地方捕魚？不可以站在河邊欄杆或是木棉樹最低的那條樹枝嗎？牠是要做視力測試嗎？抑或要做跳水膽量測試？

體型較大的鷺鳥也是只喜歡高大的木棉，自從蒼鷺和小白鷺都站在高大木棉樹上，體型比鷺鳥細小很多的白胸翡翠決定禮讓牠們，飛到附近的水邊竹枝捕魚。水鳥以外的小鳥例如麻雀、八哥、紅耳鵯、黑領椋鳥、珠頸斑鳩等等，不會歧視任何矮小樹木，只要木棉樹長出了纍纍花朵，牠們就會飛過去和蜜蜂搶花蜜吃。此時的木棉樹好像一個雀鳥展示架，站立著各款雀鳥展品。

小鳥吃花蜜的樣子相當可愛。絲光椋鳥原本住在人跡較少的村落深處，為了吃木棉花蜜竟然飛來了人類較多的住宅範圍，牠們的身體比一朵木棉花細小，吃花蜜時，要站在花朵旁邊踮高腳，再伸直身體，一頭塞進木棉花芯裡吸蜜。

經常都在木棉樹上看見八哥，可是黑鳥八哥很醜，紅花木棉很漂亮。八哥和木棉原來是互相利用的關係，難怪木棉花可以接受八哥之醜。八哥除了吃花蜜，也會吃木棉樹上的蟲子，令木棉生長得健康一些。木棉的花期就是八哥的繁殖期，木棉花蜜成為了八哥的主要糧食，八哥吃飽了，才有力氣供養那些剛破蛋出生的小雛鳥。如果八哥吃不飽，翌年的八哥數目就會減少，即是替木棉吃蟲的黑鳥會減少。

近年春天，木棉經常見報，因為近年的木棉樹經常同一時間開花、長葉。我已經忘記了小時候的木棉樹長花、長葉的順序，總之教科書的木棉花是秋天黃葉、冬天落葉、春天先開花後長葉的。木棉花沒有眼睛，它依靠溫度來做判斷，全球暖化令木棉花有點混亂，當樹葉和花朵互相爭奪養分，花朵未必夠多，八哥未必夠食。

樹上花朵是鳥和蜂的食物，地上的花朵是牛的食物。水牛和黃牛好像一部部花朵吸塵機，一會兒吸走一地木棉。地上還有串錢柳與宮粉羊蹄甲的落花，但它們不及木棉花慷慨，一整朵花跌落地上的木棉花，令不懂飛翔的動物都可以吃花蜜。木棉花還要一日廿四小時不斷落花，樓下幾棵木棉樹是每半分鐘便落下一個花朵，落地仍在盛開，五片肥厚的花瓣好像一朵橙紅色的星星，它是小孩子的玩具，路上不時有小孩把木棉花朵當成毽子踢，但沒有人踢得很好，可能花朵太重。樹下也有阿姨收集木棉花，也許是做食材。

木棉花是五花茶的材料之一，其餘四種花是菊花、槐花、雞蛋花和金銀花。我很喜歡喝菊花茶，不喜歡喝五花茶。小時候，家中長輩會在春天煲五花茶，一叫我喝，我會立即逃跑，直至給大人逮捕才被迫喝一杯。為了重溫木棉花的味道，我在連鎖店裡買了一瓶「木棉花茵陳祛濕茶」，華南地區的春天很潮濕，不知道誰是第一個發現木棉花可以祛濕的人。我喝了一口，不喜歡這種味道。

2023年3月

2025年3月修訂

每逢木棉花季，木棉樹就是一個雀鳥展示架，因為很多雀鳥都很喜歡吃木棉花，飛到樹上顧著吃花蜜，完全不在乎樹下看鳥的我。

雕刻一朵木棉花後，最初打算雕刻一隻八哥站在花朵，可是刀功不好，連續雕刻了兩隻都失敗收場，已丟棄。改為雕刻也會在「關於天氣」章節出場的珠頸斑鳩，又失敗，雕成了一隻有點像白鶺鴒的小鳥，第四隻雕刻的是這幅畫裡站在花上的珠頸斑鳩。

宮粉羊蹄甲

今年的宮粉羊蹄甲好像開得特別漂亮，處處都是淡粉紅色花海。它是香港很常見的行道樹，春天開花，花開時，葉很少，所以它的樹冠是完全粉紅色的，遠看時，像在日本看櫻花，櫻花適合在日本看，香港地道風景是粉紅色的宮粉羊蹄甲花海。

第一次發現宮粉羊蹄甲很漂亮，是春天到城門水塘，遠遠看見一片花海。以後都和宮粉羊蹄甲保持「遠」距離：窗口與窗外樹木的距離，或是一條馬路的距離。趁著花季停步細看住處樓下幾棵矮小的宮粉，才發現它的五片花瓣之中，其中一瓣是特別漂亮的。有別於其餘四片淡色花瓣，這片花瓣的粉紅色較深、有一層淡黃色且花瓣的紋理很清晰。每一株宮粉的樹下都有許多新鮮落花，我拾起其中一片花瓣細看，質感非常輕、薄、柔軟，和日本櫻花的質感相似。從前在日本賞櫻時，也拾起過地上的櫻花瓣。如果只用眼看，會以為宮粉的花瓣比櫻花粗生和厚實。難怪風一吹，日本的櫻、香港的宮粉也是紛紛落花。

第一次停步細看，因此第一次發現宮粉的樹葉很圓很可愛。它叫做羊蹄甲，是因為它的葉子長得像羊蹄。我見過羊很多次，從未低頭留意羊蹄的形狀。羊蹄甲的樹葉好像一個對半切開的雞蛋並排在一起。現在是花季，眼前的羊蹄甲樹只有很少葉子，葉子都不好看，一些是半綠半燒焦的顏色，一些是全片燒焦的顏色，且佈滿破洞。枝頭新長出的小樹葉是翠綠的，以半摺疊的形狀待在花朵旁邊，好像一群綠色蝴蝶。

宮粉羊蹄甲旁邊有一株盛開的白花羊蹄甲，遠看時，樹幹有一團毛茸茸的東西，我以為是這棵植物的一部份，走近看看到底是甚麼。原來是一隻吊掛著的八哥屍體，牠的鳥喙被一條幼繩纏繞，幼繩也同時鉤在樹枝上，死於非命還要曝屍街頭，太可憐了。

2023 年 3 月

2025 年 3 月修訂

下雨天

不喜歡下雨天，因為不喜歡雨水沾濕衫褲鞋襪、不喜歡下大雨仍要外出工作、不喜歡事情因為大雨而被迫取消……除了天氣悶熱時，會祈求雨神為大地降溫。

何時開始討厭雨天？記得小時候很喜歡雨天，下大雨，澳門幾乎一定水浸，卻不會停課。婆婆撐著雨傘，拖著穿了雨衣、水鞋的我過馬路。馬路像河，車輛在河裡穿梭，我覺得很美妙，就連回校之後一群同學忙著更換襪子、換回皮鞋、吹乾頭髮，也覺得一切有趣好玩。更好玩是路上一個個水窪，一看見立即衝進去彈跳，水花濺濕了整個人，母親每次都狂罵我，但阻止不到我玩水。

小孩子的眼裡，處處都是遊樂場。長大了，才會覺得下雨麻煩，即使留在家裡，也要開抽濕機，又不能洗衣服。

六月。出門前沒有看窗，來到樓下才發現下著大雨，幸好行人道上有屋簷。一個背著書包、穿著校服的小學生在雨裡奔跑，跑到花叢旁邊忽然停了，彎腰看著花叢邊緣的一個黑點一會兒，再跑走。我走過去看看那個黑點是甚麼，原來是一隻比手指甲細小的蝸牛。

雨天是蝸牛的出沒時間，牠們爬得很慢，卻有二萬六千顆牙齒。每逢雨季，都看見網上呼籲善待蝸牛的帖子：不要踩到牠、請把牠從路中心放回路邊……有個留言：「蝸牛爬咗幾個鐘可能就係想過馬路，人類又將佢放返去原點。」

2023 年 6 月
2025 年 3 月修訂

蘇拉吹襲的一天

颱風蘇拉吹襲的前一天，早上我在趕製手工書，因為傍晚要把小書送到書店，而中午有一場網上工作會議，我沒有時間先買食物回家，這天只是吃了兩餐麥當勞外賣。

忽然三號風球。忽然說，晚上是八號風球。三號與八號之間，我帶著小書來到土瓜灣，出門前替珍貴的小書逐本穿上兩層雨衣，幸好送書途中沒有下雨。趕不及儲糧，但頗肯定自己不會餓死，住處有幾包米粉和一點米粒。送書後，想把握最後機會在颱風天吃好一點，看看途經的麵包店，接近完全清空的貨架尚有炒麵餡料麵包和幾個看起來難吃的三文治，它們是香港人「寧願不吃也不會吃」的食物。我也寧願不吃。

晚上十一時回到住處附近，只能再買麥當勞外賣，也放棄了改善伙食的念頭。翌日睡醒是八號風球，窗外無風無雨，反正樓下的行人路有瓦遮頭，下樓看看有甚麼食物。是因為交通切斷了？從未見過樓下商鋪區域有那麼多人，熱鬧得像在過年，每間餐廳都要排隊。我也排隊，先吃午飯。收銀姨姨看看窗外，看看人龍，一臉愁容：「八號風要返工，一陣九號風唔知仲使唔使返，十號又唔知使唔使返，但一陣點樣返屋企……」

颱風天，不是所有工種也有風假。我和母親也沒有風假，每次要在惡劣天氣外出上班也很害怕，因為從前住在觀塘山，被樹木包圍，每逢打風都會倒塌很多樹木，塌樹也常常令馬路無法行車，中斷了觀塘山與世界的交通聯繫。大學畢業那年，住處樓下還山泥傾瀉，埋了兩個巴士站，幸好當時沒有人候車……

極端天氣是危險的，即使是在高度發達的城市。蘇拉正在吹襲香港，住處樓下所有連鎖店都在營業，所有小店都關門休息。吃飯後到街市碰運氣，竟然所有檔攤都在營業，每檔都有許多新鮮食物，我用正常價錢買到了粟米、秋葵、蘋果和水蜜桃，再到超市買日用品，貨架上的貨物豐富得令我疑惑：到底是這裡的居民都很理性不搶購，抑或是昨晚大家都趁熱鬧搶購完了，街市和超市都在今朝補貨了。昨晚接近十二時回家，網上全是超市貨物搶購一空的照片。

幾年前颱風山竹吹襲香港時，我住在高樓，大風卻把樹的斷枝吹至半空旋轉，我很怕它會打中我的窗，全程都很緊張。這次也在高樓裡，因為害怕而用皺紋膠紙在每個窗上貼交叉，貼完了才安心休息。

每逢打風，網上都會熱烈討論膠紙貼玻璃是否有效防風？有個留言：「很難討論打風貼膠紙有無用，它是裝飾品，和新年貼揮春一樣，揮春有沒有用？」

風聲愈來愈大，我在家裡工作。九號風，十號風。到我終於完成所有工作，已是凌晨二時，雪櫃裡的蔬果吃剩一半，看看新聞：「超強颱風蘇拉已減弱為強颱風，開始逐漸遠離本港。」

2023 年 9 月

2025 年 3 月修訂

最大雨的一天

出門工作時，下著大雨。我在北區，原本想早一點到市區吃晚飯，商場地庫有一家我想光顧的餐廳，可是太大雨了，我在巴士站附近的快餐店吃漢堡包，忽然而來的大雨，通常隔一會便減弱。雨勢沒有減弱，我一定要坐車上班了。

我來到市區，天氣似乎很好。我遲到了十分鐘，因為下大雨塞車，問同學市區剛才有下雨嗎？他們搖頭。上課。下課。一個學生望向窗外，雨點密密麻麻地填滿了玻璃窗，她說：「外面一定很大雨。」玻璃窗應是隔音的，仍聽見窗外「沙——沙——」的小聲音。

十時下課，雨量不算太大，我們才可以撐傘走五分鐘路到地鐵站，太子也未水浸。十一時返抵北區，雨勢超大，剛好有巴士駛至，我立即上車，站在車頭司機旁邊，開車了，才發現北區正在水浸。每一個站，都有很多人候車，好心的司機不斷請乘客往車廂裡走，希望更多人上車，還請乘客先在後門上車，「但我未拍八達通，唔上得車……」乘客站在後門不上車，車長說：「大雨到咁，上多一個就一個啦。」

水浸嚴重，車駛得很慢，好像是在過河。水愈來愈漲，全車安靜，各自擔心著可否平安回家。巴士駛過一段荒蕪的路，轉上山，忽然塞車——原來前面有一個積水頗深的窪地，每一輛車都很慢很慢地駛過水窪，駛不過的，就是浸在水窪裡一動不動的車了。有兩輛死火的車，使兩條來回行車線剩下一線行車。

漫長的等候，安靜的車廂，阿姨問：「死火點解唔死埋一邊呢？阻住條路……」阿叔答：「即係你跛咗呢，你都仲有對手可以爬，但而家架車係手腳都廢晒，你叫佢點郁呢？」

最終平安抵站，巴士站還要有瓦遮頭，乘客急步下車回家。我原本以為只有北區水浸，途中電話收不到訊號，也不知道外界情況。回家才知道整個香港都在下大雨，我們離開太子不久，太子開始水浸，而黃大仙區的雨水更把地鐵站連同商場一樓幾近淹沒，柴灣和許多地區都變成了澤國……亂流裡，願大家平安。

2023年9月

2025年3月修訂

大雨與斑鳩

香港最大雨的一夜後，在樓下逛了個圈，想看看經歷風災雨災仍然生存的頑強小鳥。

天色一直昏暗，我也不確定是因為雨雲密佈，還是太陽差不多收工了。平日這裡的鳥量不是很多，但也會聽見不同的鳥聲。今天走了一圈，看見的全部是斑鳩、斑鳩和斑鳩，不知道是因為斑鳩特別頑強所以活著的鳥口較多，或是其他種類的小鳥還在懼怕著香港有紀錄以來的最大雨，還在躲著不敢出來。而我看見的所有斑鳩，都站在欄杆上梳理羽毛。

珠頸斑鳩是香港最常見的雀鳥之一，在台灣也非常常見，台灣人會親切地稱呼牠做「隨便鳩」，既因為牠們築巢總是很隨便地擺兩三條樹枝在冷氣機頂就算是築好了，同時也因為牠們總是反應遲鈍似的，黑色暴雨，所有雀鳥都躲起來，只有牠們還在屋頂和欄杆上淋雨，八號風球也是只剩下牠們在吹風，烈日正午也是只有牠們在曝曬，好像任何天氣，牠們都是一聲「咦？隨便啦」就不移動了，繼續坐在原地安度鳥生。

有次又是烈日，在筲箕灣看見如常坐在高處曝曬的鳩，同行的朋友說：「我一直懷疑牠們智商有問題。」

一星期經歷了十號風和大雨災，而仍然生存，隨便鳩已證明了自己的智力無問題，甚至是智力卓越，鳩表示：「不然換你在十號風與大雨災時，在野外生存給我看看。」

既然活得隨隨便便，也足夠生存，那就不用更努力了。

2023 年 9 月

因為不服輸，上網查找「動物、印章」，看看別人做印章會怎樣簡化雀鳥的線條，又再外出購買雕板。由於連續雕刻失敗，不敢買太貴的雕板來浪費，我在十二蚊店買了一些特價十元的雕板，雕刻了圖中這隻斑鳩，後來又雕刻了一隻麻雀和三隻燕子。

珠頸斑鳩也是木棉樹的常客，常常吃完花蜜就直接坐在花朵上面休息、俯看眾生。

相當寒冷的日子

相當寒冷的日子，聽見茶餐廳門外的阿叔討論：「尋晚得三度！我個雪櫃都有四度。」

怕冷的我後知後覺，而且我才剛剛病好，一個月感冒了兩遍，其中一遍是凍病的，那時的香港還有十度左右，雖然下雨。這次是五度左右再加下雨，而我是在前一晚才忽然發現翌日早上五度，體感溫度可能只有兩三度，可是剛搬家的我甚麼都沒有，沒有暖爐，沒有電熱氈，沒有羊毛衣服。

下午還穿得單薄地在戶外工作，工作完了，我因為迷路而遇上一群叉尾太陽鳥，牠們在洋紫荊樹吃著花蜜，我看了接近半小時，天色昏暗，我才忽然發現自己很冷，冷得頭暈。當時覺得，只要在暈倒之前走進商場，就會復活。

十五分鐘後走進商場，室內的溫度暖和了許多，我立即找家餐廳喝熱薑茶、吃咖喱飯，漸漸不頭暈了，但還是冷，便到賣衫的店鋪買了轉季減價的羊毛頸巾和羊毛外衣換了，我終於復活。香港是一個物慾旺盛的城市，不知道是好或不好，只要你身上擁有足夠的金錢，即使像我一樣愚蠢地在寒冬穿很少外出，一個商場就可以拯救自己。

暖和了，我慢慢再到另一間店鋪買了厚羊毛的保暖衣物，感到自己擁有了很多暖和的羊毛，安心回家，迎接寒潮。

翌日早上果然非常寒冷，而且我要早起工作，我穿了很多層衣服，感到自己變成圓形，在戶外剛好夠暖，但一走進地下鐵便熱得流汗，真是不舒服的狀態。來到要上課的中學，發現一半同學都穿得不多，年輕就是不怕冷。雖然我年輕時很怕冷。

2024 年 2 月

貓生的第一聲響雷

最近的生活圍繞著貓，不是因為貓很可愛，而是因為貓很難搞。今年終於來到了行雷閃電的時刻。幾天前，我坐在梳化用電腦，貓在餐桌上玩耍，餐桌旁邊是窗，窗外忽然一下閃電，貓嚇得輕輕彈起、全身炸毛，毛髮平緩下來後，窗外傳來響雷聲，貓嚇得再次輕輕彈起、全身炸毛。我看著貓覺得牠很搞笑，這是三個月大的小貓咪第一次看見閃電、聽見雷聲，牠以後會習慣。不知道我本人初來人間時，第一次遇見這些自然景象，是甚麼反應？

貓好像已經習慣了四月的天氣。兩天後，下大雨，我在家裡和貓相處了一個早上，貓也心情愉快，我就外出買午餐——只到樓下便利店買了一個三文治和一杯咖啡，這外出的十五分鐘，雨勢愈來愈大……我一回家，貓如常立即迎接我，不尋常的是牠的身後有一串泥色貓腳印。我抬頭看看我的家，桌上、梳化、枕頭床單……無一倖免通通印了泥色掌印，我循著氣味走到房間，天啊，貓是給惡劣天氣嚇得大便了。

可憐的小貓與可憐的我。先清理大便和安撫貓咪，再初步清理家居，外出工作。回家繼續清理家居至夜半，才終於把東西洗完、把屋抹完。慶幸貓咪沒有在牆壁留下痕跡，而貓咪已經盡了牠的最大努力，我外出時，牠在床上，我回家時，牠的貓大便在床底，而且牠嘗試拖了一個膠袋墊著再大便，雖然沒有完全墊好，但已經省去了我很多清潔功夫。

來家一個月的小貓，有很多難搞的事情，令我不得不放下很多事務，除了工作時間，其餘所有時間都用來照顧貓咪、學習和貓相處，每當看見貓的心情平和甚至愉快，就是我的幸福時刻。前天又是照顧了貓咪一天之後回房間睡覺，忽然發現這隻新養的貓佔據了我很多記憶，無可避免地，從前那隻養了很多年、我很寵愛的貓咪的記憶，正在高速淡退。

從前的貓養了十一年半，貓走以後，我非常想念牠，很多年沒有再養貓，希望腦裡所有關於養貓的記憶都維持原狀。悲從中來，原來我無法永遠保管一段珍貴的記憶。

2024年4月

2025年3月修訂

魔羯的速度

原本以為今年會是沒有颱風的夏天，九月了，終於有個颱風靠近香港。九月是新學年的開始，我跟自己說，一到九月就要努力教學，努力了兩日，星期三下午懸掛了三號風球，我怕天氣很快轉差，決定放棄努力，先到超市買點食物。母親問我家裡有沒有食物，我說有很多貓餅乾和貓罐頭，應該夠小貓再吃三個月。母親說：「你說人類會不會有一日也可以只吃餅乾和罐頭？貓這樣生活真是很方便。」

颱風的腳步比想像中慢。我原本打算翌日早上天氣好，我就出門工作，可是我睡醒的時間比想像中晚，醒來已是中午，天文台說傍晚懸掛八號風球，我決定不外出，留在家裡和小貓玩耍。從下午開始，小貓頗為不安，瞳孔放大，又一直望著窗外搖搖晃晃的樹枝。平日，貓總是站在窗邊不停罵外面的飛鳥，現在小鳥都飛走避難了。雖然貓是養在家裡的貓，對天氣變化卻非常敏感，天氣一差就會不安，是因為貓的聽覺、嗅覺和人類不同？我和母親曾經刻意觀察牠，我們住在低層，發現只要我們到達住宅大廈的鐵閘門外，還未走入大廈、未坐電梯，貓咪已經「聽」見我們快到家，立即走到木門前面迎接人類。

八號風球的兩日，我都享用著三號風球那天外出購買的食物。傍晚到翌日下午都是八號風球，下午改掛三號風球，然而外面風大雨大，我決定繼續在家裡不努力。連鎖傢俱店趁著颱風做特價，只要在八號風球期間網購就有八八折，當我終於選擇好要買甚麼，按下「付款」鍵前，發現颱風離港的速度比我網購更快。

2024年9月
2025年3月修訂

關於快樂

休息是為了休息

我常常覺得這個總是歌頌勤力、同時鄙視休息的世界是不是有病？很多人都很會工作，同時很多人都不懂休息。休息是很奢侈的，卻又是人生必須的奢侈品。休息不是為了走更遠的路，休息是為了休息。

「我稍後會休息一段日子。」寫作課後，與一個學生一起走到中環地鐵站，我說，我今年送給自己的生日禮物是休息三個月。我在七月生日，雖然不重視慶祝，如果買生日蛋糕和生日禮物給自己，也只是為了買東西和買食物而找一個藉口。然而，生日總是提醒我「又大一歲」，循例會在生日前後反省人生。

反省後，我決定在今年的八至十月好好休息三個月，於是推掉和延遲大部份工作。寫作課學生問我：「你之前從未試過停下來休息嗎？」我回想著自己的打工人生，再回想大學生涯，答：「很久沒有。」上一次休息，應是高考後，忽然感到人生疲倦，連吃飯也懶得吃，幾個月瘦了很多，為了第一次見大學同學不要太醜，還在迎新營之前刻意吃多一點。

大學時期一邊讀書一邊兼職，畢業之後一邊工作一邊創作，即使曾經有一年辭職四圍去旅行，也是旅行回來便打工、一儲夠錢便旅行的狀態，那年是工作時間少，但談不上休息。我有想寫的文章，也有想做的事情，日子充實而疲累，為了做更多事，即使不犧牲睡眠，也會犧牲大量的休息和社交時間。

兩年前，我再次辭掉全職工作，原本是想休息一會便找工作，很快發現有很多好玩的事，比「休息」更吸引。後來還經歷了生離和死別，人算不如天算，你要休息，命運就是不給你休息，最初是身累，後來是心累，身心之疲累令我不得不按下工作暫停鍵，回一回氣，順道檢視一下自己的生活，是否符合我所追求的人生。

想像自己休息過後，應該會更喜歡休息，人生可能變得頹廢。但休息不是通往任何一項目標的手段，所以休息令自己變成怎樣都無所謂。

2022年7月

2025年3月修訂

解結

為了應付「不開心」，我開發了很多新興趣。我知道「開心」不會從天而降，「不開心」也很難立即化解，唯有接受自己此刻沒有足夠的智慧解決困難，那就暫時不要思考那個困難，先去尋找歡樂。

因為需要分散注意力，我買了一堆針線回家，試著做刺繡。我對刺繡很有好感，小時候在廣州讀書曾經做過刺繡，記得是一個中式的、古典的刺繡圖案，我很用心刺繡，上學和放學的坐車時間全部用來刺繡。每次上課，老師都稱讚我的刺繡做得很漂亮，很可惜未及完成，我把這份刺繡功課遺留在巴士，到巴士總站問過司機，找不到。當年九歲的我很生氣，不做了，也不再參加這項課外活動。

移居香港後，曾經與婆婆在裕民坊尋找刺繡用品，可是我沒有找到我想買的，那年流行十字繡，我不喜歡，覺得十字繡不是刺繡，我學習的傳統刺繡才是刺繡。裕民坊都面目全非了，我也搬離了觀塘，相隔超過二十年，因為休息，我才重新拿起針線，一邊按照刺繡材料包的指示做刺繡，一邊上網尋找不同針法的教學片段。每次學會一種新的針法，以及每次繡完一個圖案，我都成功感滿滿。人生雖然失敗，但是尋歡成功了，收獲了一點人間的美好，令我很想在人間繼續遊玩。

刺繡是一種摒除雜念和專注當下的好方法，如果一邊刺繡一邊胡思亂想，就會刺傷手指，要消毒和止血。

我一直是個心急的人，刺繡卻令我慢下來，因為一心急就很易刺傷手指，一心急又會影響刺繡的力度，繡得不好看。

刺繡不時打結。最初我會很緊張，因為不懂處理，後來發現只要耐心觀察那個結是如何綁成的，慢慢嘗試把線沿著相反方向鬆開，就可以解開大部份的結。只要夠冷靜和夠技巧，就沒有死結。

2022 年 7 月

2025 年 3 月修訂

筆記：休息了個幾月之後

在壓力和情緒爆煲之前選擇了休息真好，於是我的壓力和情緒都得到了我本人的理解，而不是自我指責。我愈來愈明白自己最強大的後盾就是自己這件事，我再一次學會了為自己的情緒負責任。

我從前以為，我已經很為自己的情緒負責任了，我總是有各種方法令洶湧的情緒回到了緩和的狀態，但原來為情緒負責，真正的意思是離開那些令你情緒失控的處境，拒絕一切逾越你底線的要求。不是一直任由壞事發生，再要求自己深呼吸和冷靜，而是拒絕那些令情緒一再崩潰的壞事情。

因為慢下來，我漸漸從日常起居與思維習慣發現我如何把自己逼得疲倦極了。原來我那麼渴望成為一個更好的人。

但——是但啦，我已經夠好了，即使我不夠好都是但啦，我要我自己咁好做咩，反正他人又唔見得咁好，世界又唔見得咁好，我何必追求與本人實力不符的「更好」呢。我願意成為一枚開心的廢物，不為人生帶來壓力。

於是我斷捨離了家中很多令我有壓力和不舒服的物件，斷捨離了一些時光後，我發現原來收拾、整理、保存物件的本身就很耗生命力量，於是我又再斷捨離了更多物件，只留下有用或者我喜歡的，同時不會帶來壓力的物件，和我一起生活。

2022年9月

人和我之間

人和我之間的適當距離，是生活裡的大學問，人類情感的糾結和死因，往往就是拿捏不到適當的距離，太遠是漠不關心，太近是巨大壓力。如果一段關係要死於太冷或太熱，我寧願冷死，因為太近太熱的關係非常可怕，很容易變成永恆的心理創傷。

有些人看待人與人之間的關係，會視自己為綁匪，對方是人質，對方必須聽話且不能離開，否則就要毀滅對方。這樣的「愛」不是愛，而是一場以愛為名的欺詐，口中念念有詞的「愛」都是為了換取個人利益。求回報的愛都是騙局，騙你借錢，再逼你償還鉅額利息。如果他們需要幫助，請讓專業人士協助他們，千萬不要以為你的退讓與犧牲可以改變綁匪接近你的目的。

有些人則是對天地萬物都抱有高度期望，但當現實不如想像，這份期望便變成了失望的巨浪。例如人在痛苦時，會希望找到另一個人聆聽、理解、開解自己，然而任何人都沒有義務隨時隨地聆聽別人的痛苦，反而是任何人都有責任提醒自己，不要把別人當成廿四小時的情緒垃圾桶。特別是一些巨大的痛苦，訴說前，請給人心理準備，也請給人選擇是否聆聽。

契訶夫有一篇小說〈苦惱〉寫一個車夫的兒子死了，他找不到人訴說悲傷，卻很想訴說，於是不斷嘗試跟乘車的客人傾訴，然而每個乘客都無情地打斷他、拒絕他，只要求他好好拉車。最後，車夫把心事通通告訴他的小母馬。車夫當然是很可憐，然而他也找錯了說話對象，我們如何要求一個陌生人溫暖友善地承接自己的大悲傷？錯誤的期望，注定令自己失望。

2023 年 12 月

值得快樂

二零二三年的下半年，忽然要面對許多突變，一下子發現人在命運面前的無助與無力。一邊面對困難，一邊學習令自己快樂。從前幾乎不買飾物，打扮用的小飾物或是家居擺設也幾乎不買，覺得它們就是擺著可愛，但沒有用途，而且要花時間清潔。當時不知道它們的用途就是可愛。

帶著巨大的不安搬到新住所，我想要一些物件陪伴自己生活，令自己安心，於是一搬屋，就買了一盞無敵星星小夜燈，當時以為小夜燈有用，但晚上睡覺其實是不會開燈的，所以沒有替它插電源，它成為了一個純粹的擺設。然而星星放在房間裡，房間變得溫暖又明亮。

後來買了樹林和動物主題的窗簾、貓咪門簾、小虎地氈、花磚地氈、放在梳化的小鴨子毛氈和放在睡床的小白熊毛氈，兩個月後梳化送來，為了梳化好看，買了兔子咕𠱸和恐龍公仔，兔子咕𠱸的尾巴是立體的毛毛球……從前奉行少物原則，只想節省金錢和照顧物件的時間。

我的住處從未如此繽紛漂亮，有時速遞員送貨到家，看看家居擺設，可能認為家裡有個小孩。很對，家中小孩就是我。把漂亮的東西帶回家，把家裡的每個角落都裝飾得漂亮，一天，我發現我쬬自己成功了，我過得很好。

半年前面對突變，沮喪了一段時間，當時認為哪裡跌倒就哪裡躺平，完全不想和命運對抗。低能量的日子，不會強迫自己假裝能量滿滿。躺到某一刻，哭到某一刻，覺得不應該因為別人做錯事而懲罰自己，既然不是我做錯事，不開心的人不應該是我。既然不是我做錯事，我就值得快樂。

2023 年 12 月
2024 年 2 月修訂

這隻貓咪是我做的第二個印章。牠手捧著的貓兜沒有食物，每次蓋印時，我就可以畫上不同款式的食物。突然喜歡蓋印章，是因為四月尾到日本旅行帶了一本手帳，這也是我的第一本手帳，從前我對旅行景點的印章毫無興趣，這次帶著手帳卻令我經常留意哪裡有景點印章，有印便蓋，我收集的是旅行的回憶。

由於忽然對手帳有興趣，旅行時一看見書店、文具店便走到手帳區域，細看琳瑯滿目的印章商品。我不是想買印章，我想自己做印章。

新年的第一天

新年的第一天，陪我跨年的是一場惡夢，醒來渾身是汗，被子蓋得太多了。天氣回暖，我是熱醒的。原本打算十時起床，新一年的第一天要有多一些日光時間，可是睡得不好，決定但願命長久，見妫就咪咪。睡到自然醒來是下午二時。

首先要去吃早餐。早餐店附近有一個回收站，所以首先把家中積存的十幾個塑膠空瓶拿去回收。由於新一年第一天想要多一些儀式感，就把昨天買的花朵戒指套在手指上，真漂亮。年尾病了一整個星期，以為已經病好，出門走路十分鐘，已發現自己未康復。這令我發現去年的事物，包括病、廢物和漂亮的小戒指，全部都和我一起走到新一年了。我們想要和二零二三年道別、想把不好的東西留在上一年，時間卻像連續劇一樣，不會因為人類的「去年」、「今年」觀念而切割。

朋友傳來「新年快樂」訊息，問我有甚麼新年目標或新年願望。關於目標，雖然我也想在新一年實現一些事情，但二零二四年的第一天我已經想啱啱；至於願望，我想做一個有錢、健康、得閒、快樂的女人。最重要是健康和快樂，如果活得又快樂又健康，我可以忙碌一點。但人生得閒就可以實現我的新年目標，例如讀多啲書、畫多啲畫、寫多啲文、睇多啲戲，它們的最大障礙都是唔得閒。

年輕時，總把「休息」看得過輕，常常為了達成學業或工作目標而犧牲睡眠和社交。現在不年輕了，會把「閒適」看得比「成就」重要。

2024年1月
2025年3月修訂

筆記：關於快樂

遇上困難，我的應對方法只有一個，就是逃避。

說來也沒有可恥感，反正硬碰解決不了世間大部份問題，打了死結還在用力又只會愈結愈死，不如逃避吓先，討好吓自己。

心情平平穩穩，會有多一些力氣解決問題，就算解決不到，心情平平穩穩都幾好。

星期六下午去了見山，本來是路過，但因為好凍，這裡有好多人排隊等入書店，人多便暖，暖到我留低了個幾鐘取暖，還有熱湯喝。

很多人都在買書。見山給我最大的啟發是：很多人都在買書。

如果有人跟你說，沒有人喜歡看書，那是因為他自己不喜歡看書，如果有人跟你說，沒有人喜歡文藝，那是因為他自己不喜歡文藝。逃避他們。

最近覺得，人一執著於「一定要這樣」就會痛苦。

唯一不變的是：一切都會變。所以唔好咁樂觀，但又唔使太悲觀。

2024年3月

慢生活

之一

六月的工作量不大，算是我的休息期。連續忙碌了大半年，終於有一天起床之後不用立即工作，也沒有任何需要趕著完成的事情，發發呆，想想今天吃甚麼，到哪裡逛逛，慢慢渡過一天的感覺真好。若無閒事掛心頭，便是人間好時節。忽然覺得快樂不是要擁有甚麼、完成甚麼，而是甚麼都不用做，有大把大把的玩樂時光。

一間下來，就會執屋。檢視身外物是檢視生活現狀的好方法，因為物件組成和記錄了你現在的生活。細看家裡每件物件，回想它的「回家」原因以及使用頻率，看著一件閒置物件，為甚麼當時會買它回家？

一件物件是否適合自己，要擁有過才知道；生命裡的每段經歷，也是要經歷了才知道是否值得。錯過了，往後就會想著、念著，如果當時果斷一點就好。錯過了會後悔，說不定經歷了也會後悔，後者的後悔至少是人生經驗值，明白甚麼事情不值得做。用了一次便閒置的物件，購物金就當是學費吧。

昂貴的物件不一定合用，隨手買來「頂住先」的物件有時會意外地好用，繼而變成必備品。使用甚麼、不用甚麼、需要甚麼、不要甚麼，都在說明著你這個人。例如衣物，我終於接受了自己喜歡簡單舒服的衣物，多於漂亮的衣物。例如貓咪擁有很多物品，令我更明白貓咪在家裡以及我心裡的地位，接下來最想好好經營的關係，就是我和貓咪的關係。

之二

慢生活了十天，打從心底感受到人生幸福。十天之前，非常忙碌，疲憊得失去了對生活的感受。若無閒事掛心頭，便是人間好時節，此刻是自己的最好狀態。

有時間感受生活，真是人生幸福的必須條件。為何這十天如此快樂？因為每天睡到自然醒，起床後照顧小貓、和貓玩耍。餵貓時間是我和貓咪的每日幸福高光時刻，看著貓咪非常滿足地吃罐頭，我也感到很滿足，快樂會傳染，貓咪吃東西的快樂感染了我。然後只需要花很少時間工作，就可以執屋、閱讀、畫畫、煮飯、做運動、見朋友……

閱讀畫畫做運動都令我感受到人生進步，進步的感覺真好。

一邊與世界和平共處，一邊擁有滿滿的閒暇做著自己的小事情，真是美好的人生。看著貓咪，我有時想：甚麼是美好的貓生？夠食、夠瞓、夠玩，有人陪和有人錫，貓咪就會很滿足。人生需要的快樂元素也和貓咪一樣。

下午與朋友說起「六十歲」這個年紀，我認為五十至六十歲只要身體健康，是人生美好到不得了的年紀，建功立業的自我期許時期過去了，就連中年危機也過去了，你對自己沒有期望，社會也對你沒有期待，心靈相當自由。不過這樣說來，好像只要此刻的自己是健康的，不要有過量的自我期許，也不要追趕著社會期望與他人目光來生活，我就可以隨時擁有這份想像裡的「六十歲的自由」。

2024 年 6 月

2025 年 3 月修訂

一夜安眠

如果可以夜夜安眠，日日睡到自然醒……

昨晚失眠。因為我的作息不定時，我通常要到失眠超過半個月，才忽然發現自己失眠了，細思原因，通常是壓力很大，或是心情惡劣，身體對情緒的洞察力遠勝於心和腦，所以總是身首先提醒心：「你最近不舒服。」

失眠對我的工作影響不大，我大部份工作都是午後開始，即使凌晨四時睡覺，甚至天亮才睡覺，我仍然可以睡到自然醒才開始工作，失眠不影響我的睡眠時間總量。一旦發現自己失眠，失眠的本身就是我的最大壓力來源，因為知道現在不正常，而我很想快點回到正常狀態。所以，我會想像自己是一個需要輪班工作的人，最近輪到自己做夜更，才會一夜無眠。逼自己睡覺，反而一定睡不到。逼自己「戒掉」失眠，反而帶來更大焦慮、更難入睡。

昨晚失眠。到底是何時第一次失眠？我肯定自己在中小學從未失眠，即使考公開試也不曾失眠，放榜前一晚同學睡不著，相約通宵聚會，我在家裡睡得好好的。中學和大學曾經因為明天去旅行而興奮得睡不著覺，第一次因為焦慮而無法入睡，是大學畢業那年的見工前一晚，人生第一次見工，睡不到，醒來和同學傾訴，再寫日記，吃宵夜，睡意來了。

我以為我會一直很易入睡。學生時期，入睡是一件輕而易舉的事，上課可以睡覺，小息可以睡覺，坐車可以睡覺，母親忽然在深夜開了全屋的燈、開電視並在家裡走來走去，我仍然可以睡覺，而且早睡早起。我現在已經忘記了我曾經早睡早起。最誇張的一次入睡經歷，是有次和表姐到廈門旅行，逛著一個博物館，我拉著表姐的手臂，邊行邊覺得很睏——我忽然清醒，才發現我剛才是拉著表姐走著睡覺。中學時，我經常站在巴士睡覺，不會跌倒真是奇妙。不知何時開始很難入睡，聲音、燈光，一點兒風吹草動就會醒來。直至再次輕易入睡，才發現咦壓力消失了。

A是名義上朝九晚五的打工仔，每天很早起床，凌晨仍未睡覺，我問她睏不睏？她說很睏，但捨不得睡覺，因為無法接受一天裡只有很少玩樂時間，唯有犧牲睡眠。A只是睏，更多朋友是飽受失眠困擾。一夜安眠不用錢買，卻是無價的奢侈品。

2024年7月
2025年3月修訂

五月廿五日，因為新書《安》即將付印，做了一個與《安》有關的印章預備簽書用。這隻貓咪是琪琪，我的第一隻貓。第二隻是小壯。小壯是尖下巴的，琪琪則是橢圓形臉；小壯手長腳長，琪琪因為長毛而令手腳看起來很短。

當我專心工作時，小壯會用盡方法騷擾我，包括打我、奔跑和不斷喵喵叫，令我不得不暫停工作，注視牠。琪琪也會騷擾我工作，會坐在原稿紙上，搶走我的筆。我用另一張原稿紙繼續寫作，牠趴在紙上、書上、筆記上看我，悶得睡著了。琪琪陪我渡過了許多溫習、趕工的晚上。

我總是想念這些晚上，如果再有一隻貓咪像琪琪一樣趴在書房旁邊陪我工作，也睡在枕邊陪我睡覺便好了。小壯不會這樣做，小壯會做別的事。我和琪琪的相處不能重來，每一隻貓咪都是獨特的。

活著

送舊迎新的十二月三十一日，回想著這一年過得怎樣？這一年有很多灰色經歷，令人厭世。但仍然活著，又覺得光是「活著」的本身已很了不起。

去年的最大幸運是養了一隻貓咪，小獸活潑可愛，每天的運動量很大，常常在家裡原地彈跳和瘋狂跑圈，牠曲起手臂舔貓掌的毛毛時，會看見牠紮實的二頭肌。原本打算十一月帶貓到貓醫院絕育，預約了手術日期後，小心翼翼照料著貓的起居飲食，希望牠以最健康的身體狀態迎戰這場手術。

大家都說，絕育是小手術。手術前，先做身體檢查，獸醫先注射鎮靜劑替小獸抽血，並預備稍後的絕育手術。鎮靜劑竟然令小獸在鬼門關前面轉了個圈。那天把貓帶到醫院後，原定計劃是吃完早餐、到寵物店買點東西，回家預備一個舒適的貓休息區，便到診所接貓回家。不久收到護士電話，說小貓的情況不穩定，我的腦裡一片空白，我只想要回我的貓，一隻活著的貓。

非常幸運地，小獸平安無事了，我把小獸帶回家裡，牠餓了一天、渴了一天，回家之後喝了一大碗水，吃飽之後睡了一輪，翌日已經精神活潑，牠可能不知道自己經歷過甚麼。又再細心呵護照顧了一個月，再帶貓到醫院檢查，確定因為先天原因，貓不可以做絕育手術。

貓最初回家時，好勇鬥狠，常常抓得我手手腳腳佈滿傷痕，外出時，認識與不認識的人都知道我家裡養貓。有次，我被牠打得躲進廁所哭。又有一次，我和牠同在一間房裡，牠打得我開門逃走。極度活潑的小貓最初不肯睡覺，每天纏著我玩耍，我每天和牠玩貓棒超過五小時，牠仍然要玩，令我揮著貓棒懷疑人生。後來小貓發情，夜半經常喵喵叫不給我睡覺，我每晚醒來數次安撫牠。牠四圍撒尿霸地盤，我有點崩潰地祈求貓絕育手術的日子快點來到，每天都在倒數。這段時間，我不社交，怕別人嗅到我身上的貓尿味，我每天又花很多時間清洗物件和拖地。

大幸運是，小貓活著回家了，當牠再次在我的腿上舒服睡覺，輕輕摸著身體溫暖的小貓，忽然覺得所有事情都可以慢慢解決，只要貓活著就好。花了很多時間摸索如何和一隻不絕育的貓一起生活，現在相處不錯。二零二五年只有一個簡單願望：我和貓都一起活著，就足夠。

2024 年 12 月

2025 年 3 月修訂

關於社區

土瓜灣的社區書店

位於土瓜灣的「Urban Space 都市空間」即將結業，它是一間書店咖啡廳，經營了五年。五年前，店主 Joyce 和媽媽到台灣旅行，逛著社區書店，她們也想經營一個社區空間，供人休息和閱讀，青年和中年的創業夢都忽然燃起，回港後，他們創辦了 Urban Space。Joyce 的媽媽很早結婚、生子，沒有工作經驗，仔大女大後，也想試試工作，於是，Joyce 負責選書，媽媽負責煮食，一做五年。我趕在結業前再來一次，吃著Joyce媽媽煮的芝士泡菜炒飯，很有家常味道，這是我喜歡都市空間的原因之一。

兩年前，Urban Space在同一條街細鋪搬大鋪，Joyce當時覺得舊鋪實在太細，只可以招待幾檯客人，人一多，顧客連站著選購書本的空間也沒有，於是搬了一間大鋪，一幅落地玻璃牆，令途人可以看見店內的選書。可是一搬鋪就遇上了疫情，無生意是問題，太旺場也是問題，因為她們就是兩個人、兩雙手，場地一大，兩人就工作至身體疲勞，而請人又有成本問題。因為大鋪的租金成本增加了，Joyce明明最自豪是社區鋪可以令街坊變成熟客、朋友，而且最初開店是想大家有閱讀空間，可是當店外有人排隊，她也會想多做一檯客，而熟客也同樣想她多做一檯客，就會匆匆吃飯離開。

每天營業九小時，一星期工作六天，餘下一天也要用來清潔店鋪、處理雜務，開一間鋪，感覺好像是把自己困在一個空間裡，沒有時間探索這個世界，而且賣書成為工作後，連看書的熱誠也減少了……但無論如何，總算是用五年時間，實踐了一件想做的事，Joyce 說，是時候休息了，首先要去一趟旅行。

2022 年 8 月

大嶼山菠蘿

八月中收到大嶼山農夫Danny在窩田種的菠蘿，果香四溢，把它帶到聚會裡，交給懂得開菠蘿的朋友切開它，才知道原來菠蘿切出來的扭紋形狀，不是為了美觀，而是要除釘。把切好的菠蘿浸在鹽水裡，在大家吃得停手、還剩下幾顆果肉在碗裡時，一直奉行「飽就收口」的我，禁不住再吃了一些，捨不得浪費。

我第一次見這批菠蘿，是在四月中，那日跟隨大嶼山社區組織

「好老土」的成員到Danny的山中農場，沿著種菜的平地走到農田邊緣的一排排黃皮樹叢，再走上黃泥沙斜坡——我第一次到訪菠蘿田，原來菠蘿就是在這裡長大，當時的菠蘿已套上了一個個黑色的防曬袋，以免端午節後的熾熱陽光曬燶菠蘿表皮，賣不出；當時又知道松鼠今年大舉侵佔菠蘿，Danny想盡方法趕走松鼠，為此買了偵測小動物走動的聲音裝置，可是松鼠完全不害怕，吃掉了農場逾三分一的菠蘿。我原本是第一批訂購菠蘿的人，可是我的菠蘿在七月初給松鼠吃掉了，一直等啊等，終於再等了個半月，才獲得一個松鼠口下留情的菠蘿。

好老土出版了一本雜誌《大嶼食通信》，希望購買菠蘿的人同時知道口中菠蘿的故事，我因此訪問Danny，記錄他和大嶼山的農業故事，以及菠蘿的成長之旅。原來我們口中的菠蘿，早在兩年前開始種植，靜候一年，如果菠蘿的葉冠長得夠大，就可以開始除草、施肥。

農夫費盡心力照料而菠蘿又逃過松鼠口順利長大，還要靠 Danny 和好老土職員把它運下山、送到香港各處。一口菠蘿，是兩年時間、許多人的心血，而每次吃到香港土地長成的蔬果，心裡總有一份感謝。

2022 年 8 月

天星小輪

對我來說，天星小輪不是旅遊景點，而是日常生活。有一年在上環工作，在觀塘居住。經常加班，下班已經很夜，沿著海旁走到中環碼頭，乘小輪過海再坐巴士回家，雖然這樣回家比坐地鐵轉小巴回家慢了半小時，這半小時的深夜漫步、坐船、吹吹海風，卻是疲憊的眼睛與腦袋的充電時間。

自從搬到離島生活，我更是常常坐船往來港九。從中環碼頭乘船到尖沙咀碼頭或是走路到中環地鐵站，時間一樣，可是我懶，從離島登陸中環後，只想坐船到尖沙咀再坐巴士到九龍各處。有時候要晨早到九龍工作，雖然疲憊，可是每次坐小輪看見維港的晨光從柔和變為明亮、再變為光猛，如此漂亮的維港「天光」景色又令我覺得早起很值得。

天星小輪和電車，都是和我們一起生活的古跡。天星小輪在一八九八年啟航，至今一百二十四年，歷經兩次世界大戰，最長的停航期是日本佔領香港的三年零八個月。我們現在乘坐的小輪大部份是一九六零年代香港製造的船隻，船上木椅共有三款圖案，第一代圖案是五角星點點畫，第二代是散開的五角星點點畫，第三代的圖案與第一代相似，但顏色較淺。

天星小輪從二零一八年開始虧損，每星期虧蝕一百萬。近日天星小輪申請加價，我最常坐的平日下層票價，會從現在的單程兩元六角加價至五元兩角。加幅雖大，對比其他過海交通工具仍是便宜。第五波疫情期間，天星小輪每日提早停航，我從九龍返回離島頗不方便，希望天星小輪繼續營運，因為我的生活需要它，也因為一艘仍在海上航行的古跡、逾百年歷史的維港渡輪風景是多麼難得。

2022年11月

2025年3月修訂

我很喜歡坐小輪、坐電車，喜歡它們慢慢走，也喜歡它們的歷史感。

仍然捨不得買較貴的雕板來雕刻，忽然看見有人以三折價錢放售全新未開封的十塊「二手」雕板，好像獲得了上帝的憐憫，買到了厚實的橡皮雕板製作小輪、燕子和貓咪印章。

橫水渡

從梅窩乘橫水渡到坪洲，一上船，立即走進洗手間，也立即看見洗手間的窗是一個無遮無擋的圓窗，我和岸上的人都可以看見彼此。要在渡輪駛離碼頭後，這個洗手間才有私隱。

梅窩至坪洲的船程是二十分鐘，梅窩與長洲之間的船程是三十至四十五分鐘，自從搬進大嶼山，我常常坐橫水渡到坪洲、長洲遊玩，因為橫水渡連接了這三個島，令我覺得坪洲與長洲都是大嶼山的朋友，很親切。

我喜歡坐横水渡，因為它慢，它的慢速度比它的船身更有懷舊氣息；也因為它途經的山水不是往返港島所見的山水，遊客較少的芝麻灣景色尤其漂亮，每當横水渡泊岸再駛離芝麻灣，眼前就是一幅群山畫。

有時會因為想喝茶或想到岸邊探望貓咪而到坪洲；有次到長洲遊玩後，在熱鬧的碼頭一邊閒逛一邊候船，這裡的商店較多，貨物選擇較多，以後也許可以作為大嶼山的日用品補給站，不一定要到港島補給。

連接三島的横水渡，早在一九三八年啟航，最初從上環威利蔴街出發，行經三島再駛回港島，一程船要三小時；航線自一九七三年不再駛經港島，變成現在這條往來坪洲、長洲、梅窩、芝麻灣的航道。

香港電台曾經拍攝橫水渡的故事《橫水依舊，歲月如流》：一對老夫婦在梅窩種田，他們三十年來都是把蔬菜經橫水渡運到長洲賣；幾個住在坪洲的姨姨最愛到長洲吃喝玩樂；從前未有雷達，大霧的日子，船長靠著指南針、航行經驗和碼頭水手敲鐘來判斷航海方向。

梅窩的新界鄉議局南約區中學殺校後，學校部份物資經橫水渡運至長洲官立學校繼續使用，前校長區伯權表示，橫水渡的存在是為少數人服務，因為他們確實有需要，「可是一所由政府經營的學校，反而罔顧少數學生的需要而結束，我覺得必須在這方面作檢討。」

2022 年 12 月

2025 年 3 月修訂

在大嶼山種椰菜

去年十二月初第一次拜訪強哥，那日低溫、風大、微雨，強哥如常在農田照料他的椰菜。椰菜要在九月播種，種植兩至三個月，十二月本來是收成期了，而且，當日氣溫約十度，那日收割，椰菜會很鮮甜。

耕田要睇天。去年十一月，香港忽然打風，摧毀了他的部份椰菜苗，一切都要重新來過，他再次播種，祈求這兩個月不要熱得太快，好讓他的椰菜夠甜。剛把菜苗從苗格移至泥土，他就「工傷」傷了手指，戴著手套工作，且要遷就傷口，無法工作得太快。他記得雀鳥往年是待菜葉長大才會啄葉，以為今年可以像往年一樣遲一些落雀網，一日如常耕田，竟發現菜苗都給雀鳥啄花了，這樣會很影響椰菜的光合作用，以及長大後的外表。十二月了，強哥仍在擔心今年可否種出一批優質椰菜。

強哥現在耕種的，是他的祖輩位於白銀鄉的農田，小時候四圍是農田，家家務農，當時的農田是把農作物換到錢就可以，種得靚就賣貴一點，種不靚就賣便宜一點，但他希望只賣優質農作物。

幸好這三個月幾好天，他預計可以產出五百個椰菜。種菜難，更難是賣菜，大嶼山受限於交通距離，把菜運到市區賣，交通費很貴。大嶼山社區組織「好老土」以《大嶼食通信》禮盒形式，把大嶼椰菜和椰菜故事運送到灣仔、深水埗甚至元朗、西貢等地販賣，在我看來，是一個瘋狂又浪漫的計劃。

某日早上，到強哥的農田買了一個椰菜回家，即日收割，即晚煮食，人生第一次吃到如此鮮甜的椰菜，當刻幸福感滿滿，謝謝香港農夫提升了我們的生活品質。

2022年12月

九龍城的戰前唐樓

如果不是要預備文學散步，我應該不會留意九龍城的戰前唐樓，雖然我從小到大經常到九龍城吃泰菜，甚至有個夏季在九龍城工作。因為要構思散步路線，一有空就到九龍城逛逛，第一次為了散步而來是在晚飯時間，從獅子石道開始走，把九龍城的每一條直街都走過一遍後，沿著橫街衙前圍道找巴士站回家，忽然看見一幢樓高三層、非常漂亮的唐樓，它的每一層外牆都有雕花裝飾，然而頂層卻是一間鐵皮天台屋，樓下地鋪以桃紅色的搶眼大燈箱販售防滑健康鞋，地鋪旁邊的兩條磚柱還張貼著補習廣告招紙……即使這樣，我仍因為它的歷史感與建築美而留意到它，還記下了它的位置：衙前圍道六十八號。

回家上網查找資料，在本土研究社 facebook 閱讀到這幢唐樓最遲於一九三五年落成，接近九十年歷史。唐樓右邊有一條又長又直、直通二樓的木樓梯，這是一九二零年代常見的唐樓木樓梯，當時水泥材料尚未盛行，而現在這種木梯在全港所剩無幾。那晚沒有留意到木梯，再去看一遍，時值早上，木梯很暗，難怪上次看不見它。一九三五年，港英政府訂立《建築物條例》，新建唐樓的樓梯必須貼近外牆，且安裝窗戶。

重建範圍內，尚有衙前塱道三十六至三十八號、四十四至四十六號及五十號三幢戰前唐樓，前兩幢建於一九三八年，而四十四至四十六號是金城海味雜貨與潮發白米雜貨的所在地，兩間老店都在九龍城經營約七十年。街市旁邊的衙前塱道有菜檔、肉檔、潮洲糕粿食材檔等等，好像一個露天街市，是九龍城最熱鬧的街道。

沿著衙前塱道往太子道西方向走，會看見另一幢戰前唐樓「大和堂蔘茸藥行」，它的前身是一間中醫館，建築物於一九二零年代落成，一九四零年代，中醫師鍾伯明來港行醫，兩代醫師離世後，中藥行繼續經營至二零一七年結業，接手租客開了一間「大和堂咖啡店」，店內保留了「大和堂」金漆牌匾、百年百子櫃等舊物。附近的南角道三號同樣以民間保育方式營業，建築物逾八十年歷史，地鋪現在是「南角咖啡店」，仍然保留著一個「怡順榮機器五金」牌匾。

沿著衙前塱道往公園方向走，街道盡頭是一幢水藍色的單層建築物：李基紀念醫局，牆內種有許多大樹，遠看好像是一排樹木與樹蔭下的一池湖水。因為九龍城街坊福利會的倡議，醫局於一九五二年建成，是全港第一間由街坊福利會設立的醫院，除了門診服務，也設有一間嬰兒福利室與兩間助產士室，助產士更可上門接生，以服務無法負擔留院費用的街坊。重建後，市建局不會保留這幢建築物。

隔一條街，侯王道一至三號與廿九號也是戰前唐樓，前者現在是樂口福酒家，它的地契在一八九八年七月一日簽訂，即清廷與英政府簽訂《展拓香港界址專條》生效的同一日。那天開始，九龍界限街以北、深圳河以南租予英國九十九年。一幢唐樓，就是一頁香港史。

據保育團體「考城學社」於二零二二年統計，港九尚餘一百六十六幢戰前唐樓及洋樓。現在，九龍城尚有許多五、六十年代建成的低矮唐樓，與戰前唐樓的年紀相差不遠，雖然區內也有牙籤樓，但整個街區的建築風格仍是統一和諧，不知道重建後，戰前唐樓會與甚麼樣子的建築物為鄰。

2023 年 1 月

2025 年 3 月修訂

龍虎山的小白屋

龍虎山的小白屋已在三月十日暫停開放。第一次來小白屋，是為了採訪龍虎山環境教育中心，沿著香港大學的校園步道往山上走，很快來到這間樹木包圍的小白屋，門外還有一個小水池，那時覺得這裡清幽漂亮，原來這是一級及二級歷史建築物，建於一八九零年代至二十世紀上半葉間，原本是西環濾水廠的平房和工人宿舍。

這裡用作環境教育中心確實是很適合，相隔一條馬路，就是龍虎山郊野公園，訪問時，知道這裡有野豬、箭豬、果子狸及眾多雀鳥出沒，後來看見中心招募義工，為了可以在龍虎山看見果子狸和箭豬，我立即報名參加。一段日子，我每個星期六都來到龍虎山，上午是理論課，下午跟隨導師到山上看蝴蝶、看蟲、看鳥、看花草樹木。

我最後沒有看見箭豬，可是有天，一個學員在小水池旁邊發現了一支箭豬的箭，可以觸摸一下箭豬走過所留下的痕跡，已十分開心，那支箭交給了職員。有次我如常趕頭趕命地從港大走向小白屋，過馬路時，迎面忽然走過一隻面帶白色、尾巴毛茸茸的貓，牠和我的路線相反，牠從中心那邊往港大這邊過馬路，步伐非常迅速，極速路過了我，繼續往我的左邊奔跑。這麼漂亮的貓，是有人走失了貓嗎……啊！牠是果子狸！我再向左邊一看，牠已消失得無影無蹤。

往來中心多了，我也留意到中心附近的樹木有非常多的大山雀和叉尾太陽鳥，我經常看見大山雀飛到枝頭，在腳邊放下辛苦捕獲的毛蟲，立即有另一隻山雀劫匪飛來搶走毛蟲；我又常常聽見叉尾太陽鳥在滿樹花朵之間穿梭，一邊唱著非常動聽的歌。

2023 年 3 月

住在舊區

最初搬家是不情不願的，新住處位於一個我不熟悉的舊區。我常常在住處附近閒逛，這是我的習慣，同時是為了尋找美食醫治我的壞心情，我也想找找有沒有平價日用品店。走著走著，愈來愈喜歡這個舊區。

第一次發現舊區可以用便宜價錢吃到晚飯。搬家支出多，也未買廚具，我希望每晚可以用五十五元吃到晚飯。從前，我以為這個晚飯價錢只能光顧連鎖快餐店，所以我差一點就轉進了一間不好吃的連鎖快餐店——慢著，我才剛來到這個舊區，可以繼續走走，看看有沒有新發現。很快看見一間台式餐廳，不少便當的價錢也在五十五元以下，還有飲品。我光顧了它。一邊吃著好吃的鹽酥雞便當一邊上網看食評，原來它是舊區的受歡迎餐廳之一。

一個早上，曾在這區居住的朋友找我吃早餐，帶我到一間裝修有點殘舊的餃子店，吃到了非常好吃的煎餃，五大顆即做即煎的餃子是廿二元，我以後每星期最少來吃一次，有次坐在店裡邊吃邊上網找食評，發現這是區內有名的食店。

網上食評不一定可信，排隊人龍較為可信，飯前飯後，我會四圍看看哪家餐廳多人排隊，記在心裡。如果連最熱鬧的晚飯時間也只有這間餐廳坐不滿客、無人排隊，也要記在心裡。一直以來，我的住處樓下都只有很少味道合理的餐廳，對居民來說，那不叫餐廳，那是飯堂，年年月月，食物款式都是一樣。人生第一次住在餐廳林立的社區，日常吃飯成為了我的大樂趣。

另一樂趣是到便宜日用品店買東西，由於小店鋪的貨物比連鎖超市便宜很多，而且常常發現從未見過的商品，店內還有店鋪貓，逛小店充滿樂趣，更令我第一次感受到甚麼是「買得多慳得多」，我常常都會購買我體力可以拿取的重量上限的日用品回家。

在舊區生活了一陣子，我發現自己不知不覺經常光顧小店，很少到連鎖店鋪吃飯或購物。

2023年12月

2025年3月修訂

野餐

因為野餐，我第一次來到林村的新村，此前，我連林村的許願樹也不曾許願。因為好奇林村有甚麼小鳥，帶了遠攝相機同行，當一群人正在群山包圍的棚子裡預備食物，我沿著一條小徑漫步，很多蝴蝶飛舞，隔一會有人跑步經過，隔一會有人放狗經過。當感到小生物正在腳踝爬行，低頭一看，發現許多黑蟻爬上了我的腳，整條路都是黑蟻，一隻黑蟻咬我一口，我想起了從前被紅火蟻咬要看醫生吃藥消炎，立即逃回棚子。此時，農田的棚子已經長出了許多麵包、蛋糕、水果、咖啡……

最初我以為會遲到，最後沒有，因為從太和站乘巴士到新村，星期日下午原來只需要十分鐘。城市與農田的車程原來只需要十分鐘，在香港，從城往山、往海、往田實在是相當方便。

上次野餐是在市區公園，再上幾次野餐也是在市區。上次是在荔枝角公園的草地找個樹蔭野餐，吃著吃著就有一隊合唱團在我們旁邊大合唱，然後看見濃煙冒起，原來公園草地起火了，我們猶豫著要不要換個位置繼續野餐，然後看見一堆人帶著長鏡頭圍著一棵樹，最後我順利看見他們等候的那隻罕有野鳥。

因為大學生時期沒有在校園野餐，畢業後留在大學工作一年，春天看見木棉花開，我便開始預備木棉樹下的野餐，與辦公室裡一行十人約日子、買野餐墊、預備食物……那份工作令我最懷念的部份是工作不忙，我和別人有時間相處。

日落西山便野餐完畢，帶著農作物離開新村，帶走的蔬菜在翌日吃掉，帶走的香蕉卻花了五天時間從綠轉黃，現在尚不能吃，我一邊等待香蕉成熟，一邊感到我的野餐尚未吃完。

2024年11月

很喜歡看燕子。燕子的巢都是築在開揚位置，可以從牠們築巢、孵蛋、幼鳥破蛋而出至長大至學飛一直觀察……從無至有以及後來燕去巢空的歷程，如此高速。

過年

H來了香港過年。如果不是H，我應該不會再行維園年宵，也不會在年初二到車公廟上香。原本打算循例上香和買風車，可是H想要求籤，我最初不敢求，害怕預知命運，更害怕求到下籤的話怎辦呢。H說，求一項無論好壞自己都無所謂的，然後她就去求籤。於是我也去求籤，求到上籤。不是因為迷信而開心，而是很感謝獲得了一支上籤這件事，好像獲得了一年份量的自信。

逛完車公廟順道到附近的曾大屋逛個圈。翌日到香港動植物公園看動物，原本只是想看狐獴、水獺和笑翠鳥，公園裡可以看的動物比想像中多，原來有些猿猴的年紀很大，原來公園裡有袋鼠。H想看火烈鳥，可是太遲到達，入口已經關了。下山順道去看聖約翰座堂和煤氣燈。

翌日又去了嘉道理農場，由於每天都是睡飽以後才出門，來到農場已是下午三時，剛好是動物活潑的時間，進園不久已經看見活潑的赤麂，以及跟赤麂搶草吃的兩隻紅嘴藍鵲，旁邊還有松鼠跳躍。又看見豹貓起來活動，走了幾個圈之後因為無所事事又趴下來睡覺。經過鸚鵡居住的區域，一隻鸚鵡在我們試圖教牠說恭喜發財時，不斷跟我們說「拜拜」，到我們決定和牠拜拜，走了幾步，牠又看著我們聲大大說「Hello」。

順道去了林村許願樹，原本只想看看那棵有名氣的樹，原來新年會有林村許願節，攤檔林立，比年宵更熱鬧，我們買了一些食物坐在廣場梯級吃，一邊看著包圍廣場的漂亮群山，H還買了一個會發光的橙拋向許願膠樹。即使是膠樹，遊客還是玩得很開心。如果不是H來了過年，我不知道香港過年還有這麼多好玩的。

2025年2月

關於記號

角落生物

一個小女孩跟我說：「我最喜歡白熊，牠跟我一樣害羞。」我想知道小朋友為甚麼喜歡角落生物，便看了它的繪本和電影。白熊原來是北極熊，卻不像其他北極熊一樣無懼冰雪，牠怕冷極了，便帶同暖氈、茶壺、茶杯逃離北極，來到溫暖地方的角落泡茶。

另一個角色是貓，牠小時候與幾隻貓一起被棄街頭，其他貓都是貓的體態，只有牠胖得沒有線條。紙皮箱裡的貓被人類一隻隻抱走，只剩下牠沒有人要。牠很想減肥，卻抵受不住美食引誘，一上磅卻又晴天霹靂，好像永遠無法成為理想中的自己。

角落還有炸蝦尾和炸豬扒，炸蝦尾是炸蝦天婦羅吃剩的蝦尾，而炸豬扒則是吉列豬扒吃剩的邊緣，由百分之九十九的脂肪和百分之一的豬肉組成，為了擺脫被棄的命運，牠們逃離了餐盤，積極研發各種烹調自己的方法，祈求一日終於被吃掉。有次，牠們變成了小紅帽來到外婆家裡，假裝外婆躺在床上的大灰狼，立即撲向牠們，說：「我要吃掉你了！」「你真是願意吃掉我嗎？」看著兩眼發光的炸蝦尾和炸豬扒，大灰狼嚇得立即跑掉。

讀完所有角落生物的故事後，有點明白小朋友的共鳴，大概是發現了自己不符大人和社會期望的部份，不是知錯可以改正、努力可以克服，於是好想躲在角落裡，這個角落很安全，而且有一群同是角落生物的好朋友。

2021年10月

迷你投票活動

因為總是走在潮流的末端，我最近才留意到Instagram的限時動態有一個投票功能，於是我設立了第一個投票活動：「如果只可以揀同人類或動物做朋友，你會揀？」

選項一：人類，最終得票率是25％；

選項二：動物，59％；

選項三：兩者皆非，唔交友，16％。

我原本以為無人會揀選項三。

我立即設立第二個投票活動：「以下揀一款最鍾意嘅雀」。

選項一：麻雀，獲得了64％的最高得票率；

選項二：珠頸斑鳩，16％；

選項三：家燕，12％；

選項四：噪鵑，竟然有8％。

隨處可見的麻雀最受歡迎，好像一個廣告效應，因為經常看見牠，看得多了就喜歡牠；外表並不漂亮的斑鳩竟然第二受歡迎，可能也是因為經常出現；我以為從古至今廣受歡迎且外表可愛的家燕會有很多人「最鍾意」，原來不是；而噪鵑雖然總在春天擾人清夢，從凌晨狂叫至天亮，竟然仍有人喜歡牠，實在是百貨應百客。

再設立一個投票：「如果擇偶要二選其一」。

選項一：「非常誠實的壞蛋」，得票率是36%；

選項二：「不斷說謊的好人」，15%；

選項三：「揀樣靚嗰個」，49%。

我最初以為所有人都會選擇第三項，結果不夠一半人選它。愛情裡，不誠實竟然比壞心腸趕客，但為甚麼要把一個很誠實地對你壞的人留在身邊呢。

每場投票約有二百人參與，人數不多，可是大家的選擇已足夠我打破一些「我以為」的迷思。迷你投票活動不會影響或者改變任何事情，但投票公平、結果真實，人人都可以投一票。

2022年4月

2025年3月修訂

畢業快樂

新詩班的一個學生最近大學畢業，邀請我們跟她拍畢業照。我們去了喝茶，先在茶樓拍照，又到了附近的漂亮古跡再拍照。其中一個同學很有心思地做了一張心意卡，還買了一束花；另一同學帶了即影即有相機拍照留念；我是一個沒有心思的人類，我只帶了我自己。

我已大學畢業很久，也很久沒有和朋友拍畢業照。這令我想起大學畢業拍照的時光，還未正式畢業，未交畢業論文，未考最後一場試，但要趁著春天花季同學齊人先拍畢業照。從中學升上大學，是一個快樂和感傷交織的轉折點，我搬進了大學宿舍，無論是上學或居住都是在一個全新地方，和一群全新的人朝夕共處。

生活熱鬧得沒有機會獨處，我的心裡卻很落寞，因為只是時間推著我向前行，我的情感卻留在過去。我很想念從前與我朝夕共處的中學同伴，忽然間卻在另一個群體裡，因為地理距離，也因為沒有一個名為「學校」的容器把我們放在一起，我所珍惜、我希望可以長久相伴的人，正在與我漸漸疏遠。又有一些用心經營的關係觸礁了，我的心裡滿是落寞與哀悼，我只是身體在大學，靈魂不在，我仍是常常和一群人在一起，因為人數夠多，我就不用說話，實情是我很孤單，無法真正投入一個新社群，也沒有心情認識新朋友。

從入學到畢業，只是匆匆三年，畢業拍照日，我因為認定自己無朋友，所以沒有像其他同學一樣先邀請別人做自己的攝影師。攝影專業的表姐一早問我要不要來替我拍照，我叫她不用來，無人找我影相的。但因為要拍群體照，我還是需要出席。那日，我發現同學之間其實一見面就會合照，有些我以為不相熟的同學，竟然主動找我合照，還為我預備了禮物……兩手空空的我，真失禮。最後，我收到了三至五個紙皮箱的禮物（我忘了確實數量），因為搬不動，要勞煩同學幫忙把禮物搬到的士站，我和禮物一起坐的士回家。

後來一個大學同學告訴我，他們在畢業拍照前猜測過我們書院哪個畢業生會收到最多禮物，他們認為我是其中一個最多朋友的人。而我對自己的大學生涯的認知是摺到無朋友。

那天把一箱箱畢業禮物帶回家裡，令我反思。我反思著自己與大學同學的交情，我以為人與人一定要到達某種程度的友好關係，才可以花心思為對方預備禮物，或者專程到對方的畢業禮一起拍照，原來不是。僅是見過面、聊過天的人，也可以為對方送贈一點心思。當年我們學系，有很多溫暖牌的人。畢業拍照那日，我忽然很想好好認識我的大學同學，可是我已完全錯過了我們朝夕共處的寶貴時光。

2022 年 6 月

2025 年 3 月修訂

心理測驗

朋友傳來一份心理測驗，花十分鐘回覆一堆選擇題，就會獲得一份詳盡的人格報告。報告分析我所屬的人格：好奇心旺盛，容易沉迷新事物，會不斷鑽研直至厭倦，也就是三分鐘熱度。我認為這個測驗描述得我很準確，便沉迷研究了數日。

綜合那份報告和網上隨意閱讀的資料，我在這個心理測驗的人格分類是理想主義者，總會在最壞的人和事裡尋找美好的一面，也會在逆境裡想辦法令事情變好，同時心裡有一個理想世界，比現實世界美好，所以這類人很追求工作的意義感，希望付出自身努力令世界更美好。弱點則是現實世界會說明甚麼是現實，所以不時感到失望和挫敗。這類人通常喜歡文學，擅長以虛構人物表達真實情感。

這類人經常回答別人一條問題後，如果當下草草回應，往後會繼續思考，忽然就會寫篇文章仔細再答。咦，這確實是我經常做的事。這類人也喜歡沉思，雖然看起來是在發呆，一坐下來就是半日。

這類人經常說自己很懶，而且深信自己很懶，實情卻是完美主義傾向很強，希望在各方面都表現得很好，用一把苛刻的尺子量度自己，漸漸變得自卑。我確實常常說自己懶，也深信自己太懶，沒有想過這是一場自我攻擊，與自卑和完美主義有關。

人性複雜，即使在一個心理測驗裡屬於同一類人，兩個人也可以非常不同。至少我不會認為我們測驗出同一類人格，就代表我們的性情和價值觀必然相近。雖然如此，心理測驗仍是認識自己的一個途徑，當你同意或不同意測驗結果，你也是在思考著自己是一個怎樣的人。

盲點是，你不同意的部份，可能是你尚未認識的自己。

2022 年 11 月

2025 年 3 月修訂

買了兩隻IKEA熊仔裝飾家居，同步決定養小壯。小壯和熊仔幾乎同一時間到家，兩個月大的小壯與熊仔一樣大小，我常常拿起牠們，像拿起兩隻公仔。IKEA熊仔立即成為了貓的練拳沙包，貓會把它拖進紙盒或是梳化底毆打。

病的記號

疫情持續了三年，我一直身體健康，終於在防疫政策放寬而大家都鬆懈時，母親忽然發燒，我以為家裡的檢測棒已是廢物，母親拿起檢測棒一驗，陽性。因為太了解母親，我知道我一定會被傳染，便趁著自己是陰性、看起來很健康的時候，爭分奪秒買日用品、食物和藥物，希望不要與母親同時發高燒並在家裡餓死。

母親病倒的第四日，家裡累積了太多家務，我沒有外出工作，在家裡打掃、消毒和洗衣服。下午，喉嚨有點痕癢，母親力勸我看醫生，她說：「藥物這次沒有用，以後也有用。」醫生看看我的喉嚨，聽聽我的肺，他說：「我肯定你已中招。」我仍是看起來很健康，吃完晚飯還在看綜藝節目，純粹因為好奇而量體溫，體溫卻在三小時升了差不多三度，我忽然發高燒了，吃退燒藥也不退燒，燒了一整晚，我照鏡看見自己皮膚發紅，下床走到飯廳，忽然失去知覺。

醒來時，救護員在我身邊，說我撞傷了眼角，救護員把我帶到診所，護士一邊替我消毒傷口一邊說，流了很多血，傷口有些深，可能會有疤痕。當時我或許不太清醒，我感受不到流血和痛楚，只覺得暈倒是撞傷眼角而不是眼睛，很幸運了。

幾天後，燒退了，喉嚨也不痛了，可是眼角的傷口仍在斷斷續續地流血，我原本打算減少臉部表情，希望傷口可以快些康復，不要留疤，可是我連眨眼都會拉扯到傷口，而我不可以不眨眼。傷口那麼容易受傷並且要小心翼翼地照料，是因為它所在的位置，而這位置不是我選擇的。待它慢慢痊癒吧。

2023年5月

萬能書包

寫作課上，我要學生「發明」一件「神奇物品」，是這個世界尚未發明而他很想擁有的。一個學生「發明」了一個「萬能書包」，每當忘記帶功課、課本、文具、任何東西回學校，只要伸手往書包找一找，就會找到所需物件。學生說，這個書包適合大懵的人，壞處是令人一直大懵，無法變得自律。

我忽然想起我的「萬能書包」。小時候住在小學附近，我常常漏東漏西的，如果忘記帶功課，老師的罰抄會交給母親代抄，但如果忘記帶課本，沒有人可以代替我在課室罰站。我立即致電婆婆，要她幾點之前把課本送來學校給我。也試過忘記帶體育服，打電話找婆婆立即送來，體育課就不用罰站。

婆婆從未拒絕，從不抱怨，令我認為這是理所當然的服務，出來工作仍會因為忘了帶東西而找婆婆送貨，有次請婆婆把我漏帶的抽屜鎖匙送到大學辦公室給我，婆婆乘的士來了，鎖匙到手了，沒理由叫她立即走，就帶著婆婆參觀大學校舍。忽然想起了大學三年，也只在兩次畢業拍照請婆婆來過大學，這是我們第一次在安靜的校園時間散步，踏踏草地，看看樹木，很開心，婆婆怕耽誤我工作，說要回家了，我送她坐車。

直至婆婆在家裡跌斷了骨，做過手術，行動不再那麼敏捷，我不敢再隨便呼喚婆婆，從此自己的背囊自己負責任。我仍是一個甩甩漏漏、很倚賴又常常向人求助的人，但我沒有覺得這是成長的壞事，回憶著我的「萬能書包」，只感受到滿滿的愛與感動。可惜沒有在婆婆在世時，把握時間訴說更多的感謝。

2024年3月

回到過去車站

傍晚在九龍灣逛街後，來到淘大花園與安基苑之間的巴士站候車回家。這是一個我非常熟悉的巴士站，從前在啟業邨讀小學，下課會走路到九龍灣站，經過攤檔林立非常熱鬧的牛頭角下邨買零食補給，再來到這個車站坐小巴歸家。

從前住在觀塘山，一住就是二十年。牛頭角下邨早已清拆重建，那段熱鬧的路留在記憶裡，邨內沒有舊日的痕跡，倒是車站多年不變。

從前的住處交通很便利，有巴士往來旺角、尖沙咀、港島、新界，也有小巴往來藍田、觀塘、九龍灣、彩虹等等鄰近的地鐵站。我是按照心情決定每天在哪個地鐵站出閘，再乘哪輛小巴回家。每到繁忙時間，九龍灣的小巴站大排長龍，一輛小巴的十六個座位求過於供，有時要站著等車大半小時。別人眼中的「交通問題」，我卻覺得沒有所謂，我習慣隨身帶一本書，在長長的候車人龍裡閱讀。我不確定自己的閱讀習慣是否由等小巴而來。

九龍灣到觀塘山的車程大概十五分鐘，一上車，很快到家，我覺得很方便。原來真正喜歡一個地方，就不會很容易認為一件事是「缺點」，而且很易看見「優點」。

有次，我在這個小巴站候車，因為不是繁忙時間，沒有人龍、沒有小巴，只有我一個人在等車。一輛的士停下來，問我是不是要上山，「收你五元送你上山好不好？反正我也住在山上，我收工了。」

我現在對陌生人很警惕，當年卻沒有防人之心，我上了的士，和司機聊天，他原來和我住在同一幢大廈，是老街坊。

繁忙時間，小巴站總有的士停駐，人龍裡，總有人首先問：「有無人要夾的士上山？」稍有猶豫，就會失去夾錢機會。

搬離觀塘山不經不覺兩年半，每次路經這些童年成長地帶，仍會很感傷。山上曾經住著我、婆婆、貓咪、媽媽一家四口，貓咪和婆婆都在觀塘山上離世了，沒有一輛小巴可以帶我回到這短暫二十年的幸福生活。

巴士到站，我乘車駛向新住所。

2024年8月

2025年3月修訂

靈魂的疤痕

小腿有一個淺淺的疤痕，跟隨了我的人生一段非常長的時間。小孩子時期經常到廣州姨丈家裡居住，一次乘姨丈的電單車回家，下車時小腿誤觸仍在發熱的金屬喉管，一個巨大的水泡立即從小腿生長出來。記得很痛。大人都說，隨著年紀長大，疤痕會消失。可是它沒有消失，它只是看起來淺色一些，細小一些，我想是因為小腿長大了的緣故。

前年第一次中肺炎，徹夜高燒不退，翌日從睡床站起來走了幾步，眼前一黑，醒來已是救護員替我檢查和處理傷口，救護員首先把我帶到附近診所，診所護士說我的眼角有一個頗深的傷口，流了很多血，很大機會留疤，「你仲後生，疤痕會慢慢淡退的」。護士要我到醫院時請醫生幫忙處理傷口。來到醫院，我在隔離區等候驗血、照肺等等，精神實在很差，回家後，我才記起眼角的傷口沒有處理。傷口很接近眼睛，它變成了一條凸起來的難看疤痕，我以為它會永遠跟隨我，我對臉上這道傷疤耿耿於懷，可是一年半後我再照鏡，竟然發現它消失了。

疤痕是身體曾經受傷的證據，而疤痕會否隨著年月消失不見，是身體的決定，不是個人主觀意志的決定。靈魂如果受傷了，也會留下隱秘而更難看見的疤痕。午飯時間，與多年不見的朋友說起往事，第一次，我指名道姓告訴她，那個曾經欺凌我的人是誰，她欺凌我的原因是我拒絕她接近我；另一個曾經對我造謠的人是誰，他造謠的原因也是我拒絕他接近我。中午，我說：「事情已經過去很久，最終沒有傷害到我。」傍晚開始腹腔劇痛，腸胃絞痛了逾六小時，身體以劇痛的方式告訴我：靈魂仍以一道顯眼的疤痕，記住了曾經的傷害。

2024 年 8 月

2025 年 3 月修訂

從未想過一隻貓會成為我一天的生活重心，我無時無刻都想在家裡陪貓。養小壯前不知道，貓也會如此期待人類的陪伴。

稱讚要及時

本地繪本作家林建才、劉清華的作品《電車小叮在哪裏？》是我最早閱讀的繪本之一，主角電車小叮愈來愈不快樂，因為它只看見自己的缺點，以及別人——別的交通工具例如的士、巴士、火車的優點，它病倒了，躲在車廠的高牆裡不見人。老爺爺、藝術家、遊客都在電車站等車，馬路兩旁的大樹也等待小叮駛過，他們都很喜歡小叮，把放在心裡的讚美通通告訴小叮後，小叮又再充滿力量，重新出發。

小叮的故事令我想起台灣詩人瘂弦的詩〈如歌的行板〉：「溫柔之必要，肯定之必要」，獲得溫柔對待是如此重要，獲得別人的肯定也很重要，我們都需要從別人身上看見自己的價值，才能活得踏實。

小叮的故事如此啟發我，是因為生長於華人社會的我也很少讚人，更少稱讚自己。無論是在家裡、學校或職場，我們習慣指出錯誤，很少指出優點，我們的社會忌諱自大，卻又憎厭自卑，要求每一個人擁有恰如其份的自信，真是一項苛求。

我是經過了一段時間的刻意練習，才漸漸懂得應對別人的稱讚，也因此發現很多人不知道要怎樣面對別人讚自己，那些「吓？咁都要讚？」的冷淡語氣、那些耍手擰頭極力否認自己有優點的不安臉容，都令我們對「讚人」止步，怕令彼此尷尬。我不時想，即使只是「少少嘢」，為甚麼不可以有少少優點就讚美呢？我們卻怕自己是在強迫別人接受稱讚……真是一堆扭曲的想法，小叮的故事提醒了我，欣賞別人就要及時稱讚。

早在七年前，我已感受過開口讚人的力量。那年替一個中六學生補習，他知道自己升大學的機會甚微，日後大概也不會讀書，他只是想試試努力，換來一張不後悔的成績表。我替他補習中文，他確實和「合格」有著遙遠距離，我每次給他一份練習，都要在答題簿寫下許多修改答案。

我以為他一直沒有進步，但又快要考公開試了，所以我改變教學方式。我決定即使他的一份模擬試卷有二十個錯處，我也只圈出其中三項跟他說明，而且強迫自己稱讚他的功課，例如指著他寫了五行字獲得零分的長問答題，讚他努力寫滿五行，又例如讚他的字體是能夠閱讀的。

奇跡發生，他開始進步。我甚至發現，他其實一直都在進步，只是因為進步較慢而且學習起點較低，我又只顧著尋找錯處，沒有留意到微小的變化。原來，只要把「找錯處」變成「找優點」，對一個學生有如此大的影響力。又或者一個成績差的學生所需要的，就是一個願意相信他做得到、幫助他重建學習自信的人。

那本小叮的故事，我是在觀塘海邊的繪本書店 Kadey Jadey 繪本童樂購買的，實體書店已在十一月結業，網上書店仍在營業。Kadey Jadey 結業前的一整年，生意一般，最後一個月卻賣了逾千本書，很多人特地前來感謝店長推動繪本閱讀。我想著，如果大家可以早一點洶湧表達對書店的欣賞之情，洶湧地以行動支持喜歡的店鋪、機構、藝術家等等，那些最終結業的店鋪、最終轉行的藝術家，會不會就不用離場？

人有時就是需要一句肯定，一句鼓勵，就可以多走一步。多走幾步，誰知道會不會有幸運降臨、有新轉機？所以讚人要趁早。

2024年12月

2025年3月修訂

一點光

有天拖著行李箱等候機場巴士，三十分鐘一班車，我的車在幾分鐘後到達。要不是細心的巴士司機在我旁邊停車開門，一時分神的我差點錯過了這輛巴士。

我拿著一個小型行李箱，是可以手提上飛機的最大體積的行李箱，原本打算抬高它放在最高一層，因為每次無論放在哪裡，下車時總發現這小小的行李箱被移動到最頂層，我習慣了把行李箱放到最頂，不要阻礙別人擺放大件的行李。我稍稍抬高行李箱，「前面呢個細架都可以放行李㗎，放呢度啦！」司機跟我說，「細件行李都唔洗玩舉重擺上去咁辛苦㗎！」

這是一個敬業的司機，走到上層坐下來，仍聽見他以友善聲線照顧乘客的上車落車和行李擺放。我想，一個人未必可選擇做甚麼工作，但可以選擇怎樣去做這份工作。

有次在下午茶時間光顧一間台式餐廳，餐廳只有數檯客人。我前面坐著一家四口，一父一母和兩個目測三、四歲的小女孩。坐在母親旁邊的小女孩不斷大哭，母親只冷靜地吃飯沒有理會她。店員走去問小女孩為甚麼哭，她看看店員又繼續大哭。隔一會，店員拿了兩顆糖果給小女孩，小女孩接過糖果，不哭了，把一顆糖果遞給另一個小女孩，她接過糖果，一家人安靜吃飯。

曾經因為接到一個突如其來的壞消息，在街上不知要走到哪裡，走進一間茶餐廳，點了一個飯，然後眼淚一直流，店員放下了飯，很快又拿了一卷紙巾過來，問我：「發生咩事啊？可以講㗎！」店員停下來，見我靜默，拍拍我的肩：「無事㗎！想講就叫我啦！」雖然是只光顧了一次的茶餐廳，每次路經，也會覺得很感謝。

2025年1月

關於寫作

99%

《步》的故事

昨夜，一間書店向我購入十本《步》，歷時三年半，一千七百五十本《步》終於賣完了。《步》是我的第一本小說集，它出版時，沒有人知道我寫小說。那時，我在文藝雜誌寫了四年，只想不受打擾、默默努力。

但一出書，問題來了：沒有人看過我的小說，哪有人會買我的書？《步》的出版計劃獲藝發局資助後，原本只打算印四百本，而且擔心賣不出，可是因為所有書籍參與者都非常用心，就印了八百本。當時我想，我要努力賣書，不讓書本變垃圾。

我的努力主要是勞力，膽粗粗問書店要不要賣書，花了好些時間搬貨、寄貨，半年賣完八百本書，原本打算絕版算了，但因為一張大訂單（的誤會），加印了一千本，然後訂單沒有了，書送來了，看著那一千本書，我的心情非常難過，但只能硬著頭皮賣。

這三年半，我遇上了一些熱心人，也有人潑冷水說你的書一定賣不出，列舉了許多理由，如果是作品不好看，我承認，但我無法接受的理由是「香港文學書就是賣不出」，所以我努力賣。

我的第一《步》終於走完了，而且收穫很多。我想，每個創作者，每個追夢的人，都會給人潑很多冷水，希望《步》的故事提醒你：首先你要相信自己做得到。

後記：大訂單兜了個大圈之後回來了。《步》賣剩五、六百本時，因為工作忙碌與社運、疫情，曾經放棄賣書，轉為送書，結果只是送走了三十本，送都無人要，唯有繼續賣，最後賣晒。最後一批《步》會在十一月送抵一拳書館、序言書室、渡日書店、半杯寮和七份一東南樓，謝謝書店令讀者遇見這本書。

2021年11月

2024年1月修訂

寫作前做家務強迫症

每星期都有兩日足不出戶的寫作日，這是今年夏天我送給自己的禮物。每個星期，為別人而活、為生計而活、不由自主的時間實在太多，要是其中兩天可以為自己而活，做想做的事或做想做的「完全不做事」，這樣，其餘五天就可以好好過活，而且辛苦也值得。

從前常常在家裡寫作。居家寫作日的日程是起床、吃早餐、打開電腦寫文——慢著，我想到了很多家務趕著要做：首先要把桌上和椅上的雜物放回原位，然後檢視衣物籃裡有沒有可以手洗的衣服，逐一洗乾淨、在陽光照到的窗前晾曬，然後掃地、拖地、抹檯……然後要回到電腦前面認真寫作，忽然就忍受不了廚房的衞生程度，我要擦拭我的杯碟和廚具……我想起了網絡流傳的一則帖文，說豢養一個作家在家裡真好，不用花費太多，而且很安靜，又會做家務。

從早上開始拖拖拉拉，順利拖延至吃晚飯後再開始寫作，是我持續多年的寫作習慣。從前的工作主要是寫文章，寫完工作的文章再寫自己的文章，加上疫情常常都在家裡，這樣的寫作模式勉強可以持續；自從又可以外出，而且教學工作多了，常常都在路途上，「如何規劃寫作時間」變成了我的大難題，「寫作時間」也變成了我的壓力來源。我嘗試過各種時間分配方法，例如每天早上寫作兩小時，可是其中三分之一的日子會因為賴床而把寫作時間變成睡覺時間，另外三分之二的日子逼了自己起床，看著電腦，腦裡一片空白，文檔也是一片空白，夠鐘出門工作了。

好幾個月，我經常罵自己：為何總是浪費時間？我後來明白自己不是一個機械人，不是一坐下來就可以立即輸出文字，我需要安靜下來、放鬆下來，才可以寫作。寫作的過程包括了整理思緒和沉澱情感，很難在趕頭趕命時，寫出像毛氈、像棉花糖、像一株自然生長的植物一樣的文字。當然也有很多趕稿的時刻，一定要趕的話，一小時也可以寫出一、二千字。快速與慢速所寫的文字質感不一樣。

我常常因為趕時間而吃快餐，快餐只要不難吃已經很好。婆婆煮飯很好吃，記憶裡，她總是在廚房裡煮飯，或者預備食材。小學四年級，我忽然想學煮飯，婆婆教我擇荷蘭豆，擇掉很多⋯⋯其他蔬菜食材也要切掉粗糙的部份，給她檢查，然後重做⋯⋯一碟炒雜菜，炒菜的時間很短，食材卻預備了三小時，從此我就遠離廚房，也不曾主動幫忙。有時給婆婆發現了我沒事做，也要我幫忙擇菜，我的擇菜原則是看起來可以吃便保留，婆婆只保留看起來好吃的，所以我擇完的菜，婆婆又再擇一遍，後來我主動幫忙，婆婆叫我去看電視。

婆婆後來患病，味覺退化，愈來愈少煮飯，再後來是不能離開家、不能離開床、上廁所也要扶出扶入。物理治療師來到我們家裡建議安裝扶手的位置，還未安裝，婆婆已經離開。兩年前的夏天，我注射疫苗第一針後，副作用令身體虛弱，不斷腹瀉，那個月很少外出，婆婆躺在她的床上，我也躺在婆婆買給我的床上。有天午睡醒來，發現婆婆煮了粥給我吃。那個月，婆婆常常煮粥給我，她很久沒有煮食。因為無法外出購買食材，只能煮白粥，清淡卻好吃，不知道米和水之間有甚麼秘方。吃粥時不知道，再過半年就是婆婆的生命盡頭。

說回寫作。六月開始，每星期有珍貴的兩日可以寫作，我如常起床、吃早餐、坐在電腦前打開文檔、忽然想到了很多要做的家務……因為今天只需要寫作，而且六月很悠閒，即使虛度大半天也不會焦慮和內疚。我也不再認為自己寫作前做家務是在浪費時間，那是一項寫作前的必要儀式，令人慢速下來，想東想西。

2023 年 7 月

2025 年 3 月修訂

陳年夢想

最近公開試放榜、升中派位放榜，新聞報道小六學生獲派傳統名校，受訪時，她說自己喜歡閱讀與寫作，日後希望做作家。一件尋常事情，竟引來許多網民留言嘲笑。

我想起自己第一次「想做作家」，只比這個小六學生年長一歲，當時中一。而我的小學夢想，是做畫家。我喜歡文學的源頭，是中學的圖書館，雖然學校沒有學習風氣，但同學都很喜歡到圖書館看書，完全不讀書的同學也喜歡看書，還會介紹書本給我看。小學時，我從來不入圖書館，中學因為同學都很習慣到圖書館，我只是為了到一個有冷氣的地方而陪同學進去，圖書館有一個書架是擺詩集的，我首先喜歡新詩，然後是古詩，我時時刻刻都拿著詩集，一有時間便讀詩、寫詩。有次和一群大人到酒樓喝茶，一個大人見我拿著詩集，問：「你的志願是將來寫詩嗎？所以你的志願是將來乞食嗎？」全檯大人一起大笑。

有些小孩子有夢想，有些小孩子沒有，等同有些大人有夢想，有些大人沒有吃喝玩樂以外的人生追求，有無夢想其實無咩所謂，但無夢想的人嘲笑有夢想的人，問題不是他們無夢想，而是他們無禮貌。我在社交媒體轉發了網民嘲笑小六女生的新聞，一個教書朋友留言：「講真，有幾多人細個想做、大個真係做？但有夢想點都好過做條鹹魚，至少成長過程有大動力，得著多好多。」

我在中一的作家夢，本來到了大學就消失了，後來寫專欄和出書，是個人際遇大於努力追夢。我寫小說專欄時，對小說創作沒有概念，且行且學習。出版四本書後，在報紙寫專欄，我也發現自己不懂寫短小的散文，但試一試吧。太自量力，會限制自己的人生，順其自然，人生會好玩一些。

說回被嘲笑的作家夢，中學時期，我根本不知道作家是甚麼，只是很喜歡到圖書館借書、看書，我想像如果將來我也可以寫一本書，放在圖書館裡，多美好。我不敢說我想做作家，所以我說想讀中文系，想考大學。這也是因為我不知道如何開始做作家，我唯一想到和作家相關的就是讀中文系。中六到中大的開放日聽中文系講座，覺得每一科都很想讀。

我的中學讀書風氣低落，不知道老師怎樣想，但如果我跟同學說自己想讀大學，他們會覺得不太可能，任何一間大學都不太可能，但和我相熟的同學很友善，會支持我的目標，小息和我玩，上課時他們聊天，卻要我努力學習。

我的會考成績很好，但仍然不敢跟人說想考中文大學，只說想考中文系，因為怕人取笑。但同時，我心裡有一個目標，就是我要考得十分好，不是因為我想考中大，而是因為當時觀察，會考與我同班的同學，其實不是真的不想學習，他們常常問我怎樣做功課，明明抄功課就可以應付老師，但他們抄完、交完還是會來問我：「這條數學題怎樣做？」他們不是真的不想求知，只是認為預科、大專課程與自己遙不可及。因為會考成績好，我就很希望自己可以成為一個例子，令師弟妹發現只要肯嘗試，有可能成功。

當年會考文科班，只有我一個人考到十四分以上升讀原校，但當年是……空堂時，同學會排隊問我怎樣做功課，同學還會和我到自修室溫習，很努力，仍然不夠分升學。事隔多年，我知道當年的同學早已放下升學挫敗，過著很好的人生，放不下的卻是我，我常常希望自己當時有足夠能力，協助同學解決學習需要。

升大學後，我到傳統名校做兼職，我也替一個名校學生補習文學，一星期兩日，她付給我的每月學費足夠我應付每月生活費。我因此明白，為甚麼我的中學同學即使努力，仍然做不到，因為社會分配給每個人的學習資源太不公平。後來我做教學工作，無論一個學生的起步點有多低，只要對方努力，我就願意陪他努力。

我還記得，預科時，我只跟一個朋友說了一次我真正的公開試成績目標，那時我們一起過馬路到自修室。我說完，他立即大笑。我不敢再和人說了，但也沒有動搖自信。臨考公開試，我跟學校一個中文老師說起考試目標，我的中文科目標是A，理所當然，我是要考中文系的。老師跟我說，我中文最多考C，再努力也最多考C。也沒有影響我的自信。

寫著寫著，我發現一個人的成長史，其實也是一段抵抗負面說話的歷程。特別是小孩面對大人，沒有足夠的知識與經驗判斷，很易被大人打擊到。專注自己的目標，不要總是想獲得別人認同，身心較容易健康。

高考放榜那日，我不早不遲地回到學校，雖然前一晚睡得很好，但當老師宣佈我們可以到課室取成績表，我沿著樓梯從地下走到一樓課室，仍是緊張得雙腳顫抖，要扶著樓梯扶手才夠力走上一樓。那刻，我才第一次害怕如果不夠分升大學怎辦？而我事前毫無準備。

來到課室，老師第一個宣佈我的成績，正是我原本想考的成績。全班同學立即歡呼、鼓掌，大家好像都比我激動，而當時大家仍未知道自己的考試成績呢。預科同學大部份是名校轉來讀書，我們是兩個世界成長的人，我無意高攀他們的世界，主要朋友都是不同年級的原校生，我和他們的關係就是同一班的同學而已。我頗意外，那刻大家竟然那麼激動，真心為這件事高興，也許是因為一件看似不可能的事，成真了？

即使身處劣勢，資源匱乏，未必不能實現目標。

2023年7月
2024年1月修訂

五月廿九日做了一個貓咪、恐龍與梳化的印章，恐龍公仔是小壯的最愛。小壯到家前，恐龍公仔是我買給自己的玩具，母親跟恐龍公仔說：「你現在是一隻恐龍，很快你就是一個貓玩具。」

最初買了一張單人梳化回家給自己坐，後來覺得這樣太自私，再買了一張雙人梳化給客人和親人坐。買梳化的三個月後小壯來了，我、小壯、母親共有三個梳化位置剛剛好。

兩個月前，小壯摧毀了雙人梳化，餘下一張單人梳化成為了人和貓的爭奪目標。從前我一回家，小壯就在門口等我，現在我一開門，就看見小壯坐在梳化看著走進家裡的我。

從五月八日至五月廿九日，雕刻了一堆印章，《閒》收錄的這十一幅畫是我的橡皮印章初學記。

尚未抵達

修改又修改，是我一直以來的寫作習慣。我想擁有一下筆就字字精準的能力，然而沒有。只好勤力。我每次重讀自己寫的文章，即使只是上星期寫的，有時也會看不過眼，而重讀一年前寫的文章，就更是感到它的字詞生硬，於是想修改一些句子或段落，也會想全篇重寫。我不會因為文章已在報紙刊登而看它順眼，也不會因為文章已經結集成書而覺得修改完畢，只要有時間，就會想修改。

我的最大缺點是沒有耐性，但我喜歡文字，也尊重讀者的時間。我希望我的文章言之有物，因為花時間閱讀一篇文章，如果一無所獲，我作為讀者會有點不開心。最近我開始鉤織，發現織一條頸巾、一個手袋，往往需時數日以至半個月，由於我是新手，一鉤錯了，要全部拆掉還原為一團毛線，再重新鉤織。前年學習畫畫，去年學習刺繡，我以為已經挑戰了自己的耐性極限，原來沒有。

鉤織令我被迫有耐性，因為只要緊張、心急，鉤出來的織片就會記錄了你的緊張心情，成為一片縮起來的不柔軟的織片。我竟然是為了鉤織一個平滑的手袋，而必須保持從容不迫的心情。我平日寫短篇文章，畫小幅的畫，是因為我了解自己的耐性極限，如果一件事不能在一天完成，我就會想求其完成。

寫作習慣雖然是改完又改，但每個工序限時一天，寫初稿只可以用一天時間，寫完再改也是只給自己一天，若干年後又想修改，也是以一天為限。但鉤織令我反思，我經常說我很喜歡寫作，我竟然一直對寫作如此沒有耐性。如果我可以用數天至半個月來寫草稿，如果我可以慢慢修改，我寫文章會進步嗎？

總之因為經常改稿，我的文章沒有真正的定稿，因為後來總是可以修改，文章就永遠只有一個暫時的形狀，我的想法是暫時的，我用來安放想法的文句也是暫時的，暫時寫到這裡，我夠鐘去玩或休息。

我的初稿通常是手稿，通常一氣呵成，此時的重點是寫內容，心中感受是表達得愈暢通無阻愈好。修改的重點是好好述說，但也經常在改文期間，把情感表達得更細緻，因為愈寫就會愈清楚自己想說甚麼。

如果是修改數年前的舊稿，往往看見很多寫作瑕疵，因為當年的寫作能力有限，審美能力也有限，不知道自己寫得不好。其實有時也知道自己寫得不好，但想不到如何改動，暫時寫成這個樣子。但文章還是要在當年寫下來，因為這是從前才有的感受，例如我在廿二三歲時，經常因為人的自私或是社會的奇怪運作模式，感到巨大的震撼，現在面對同樣的事情，會感到不意外。但當年既然感受深刻得必須寫下來，那就寫下來。

後來如果寫作有進步，就可以替從前的自己改稿。

2023 年 7 月

2024 年 1 月修訂

努力與天份

幾年前訪問一對畫家夫婦，他們也有教小孩子畫畫，我們談到了藝術創作的「努力與天份」。畫家試著為「天份」下定義，說了數個定義後，忽然說：「可能熱情就是天份……你不欣賞，不願意為它投放努力就是沒有天賦，所以熱情才是最大的才能，令你持續下去，因為你是真心愛它。」

他們教畫畫，我教寫作，我們都經常接觸不同年齡的藝術初學者，教學經歷改變了我對「天份」的想法。我曾經認為自己沒有寫作天份，即使努力也不會成為作家，所以我雖然從小喜歡寫作，整個中學生涯都想像著自己將來會是一個寫書的人，但我到大學就放棄了，直至大學畢業才開始正式寫作，對比我的同齡人，很多有寫作夢的人通常在學生時期開始積極寫作、投稿、參賽、參與各種文藝活動，我的起步點算是很遲。

而且大學畢業不是一個理想的起步時間，因為剛開始投身職場，要適應身份變化、全新的生活方式、還有當時那份工作的無盡頭加班生活。當時薪水很低，我還因為寫了一年畢業論文、坐得太多腰痛而要看物理治療，家裡又有一隻需要醫藥費的腎病小貓，所以我星期六要去補習，星期日到底是休息、社交抑或寫作？我通常都是在社交前後寫作，補習前後寫作，不太休息。

現在回想，才發現自己曾經那麼努力。大學畢業開始寫作，只是因為文學雜誌編輯邀稿，而我也想試著寫寫。當時其實不自量力，力不從心，寫我的第一本書《織》的第一篇訪問，訪潘國靈談「石頭」，訪問後看著那一萬多字的錄音逐字稿，無從入手，我花了超過兩個月的工餘時間完成稿件，編輯沒有退稿，我又繼續寫。半年後，編輯本來約我寫散文專欄，但我不懂寫，寫來寫去都不好看，就提議寫成小說，那是後來的《步》。

其實在畢業時，我的職業想像只是做一個「文學打雜」，我喜歡文學，只想對香港文學有貢獻，我不需要成為一個創作者。直至出版了《織》、《步》、《翔》、《一》四本書後，我才漸漸發現自己真是想做一個作家。「做作家」的意思也不是說我的職業一欄一定要填作家，或是我的主要收入來源一定要是寫作，而是我想把寫作放在我生命的首要位置，把最多的生命力量用在寫作。

教學經歷改變了我對「天份」的看法。我從前認為一個人可以成為作家，是要「天份」與「努力」各佔一半。後來認為需要三成天份加上七成努力。再後來認為是要「天份」加上百分之一百的努力，才有機會「寫有所成」。我曾經以為天才很罕有，最初教寫作課，遇見天才型的學生，我會很崇拜對方，小心翼翼照顧著對方的才華，希望他們繼續創作，不要埋沒天賦。教學多了，我發現每教五班約一百個學生，就會遇見一個天份頂尖的同學。換言之，我每年會遇見一至五個天才。

天才見慣亦凡人，我明白了韓愈為何說千里馬常有，伯樂不常有，因為天才實在是數量眾多，相比之下，懂得欣賞和成就天才的伯樂實在供不應求。幸好現在是網絡平台流通的年代，千里馬本人可以成為自己的伯樂，人人都可以在網上發表創作。

說回個人經歷，我在中一開始喜歡寫作，因為眼界未開，生活愉快，在一所中學的小世界裡，我認為自己寫得很好，我自負地認為自己不是寫得全級最好，而是全校最好，就連教我的中文老師都不會寫得比我好。我還有寫作高分、公開試高分與校外寫作比賽獎項的鼓勵，中學程度的寫作比賽，只要老師要我參賽，幾乎都會獲獎，記憶裡好像大部份都是冠軍，也可能不是冠軍的都忘記了。所以，我在中學時認為自己很會寫作，就連考中文系都是為了學習中文和成為作家。

然而這樣澎湃的自信心很快粉碎，升上大學，我們第一個學期必修寫作課，課堂裡閱讀著中文系同學的作文，我立即發現大家都是才華洋溢的大文豪，我記得當時讀到旁邊座位同學的文章，立即對他說：「你真是寫得超級好，怎麼可以寫得這麼好……」對方一定認為我很奇怪，他沒有給我反應。而很多年後我回想起一些當年同學寫的作品，仍懂得背一些句子，同系同年紀同學的作品之好，是如此深刻。

相比之下，我寫的其實就是那些很標準的應試作文，現代八股，真是很慚愧，還要拿出來給大家一起看，如果原地有一個洞穴，我真想立即鑽進去離開課室。我立即放棄了寫作夢，以後三年開開心心學中文。當時也立即覺得，我做一個文學讀者就可以了。大家寫作加油，我可以在跑道旁邊的觀眾席負責給予掌聲。當時我不知道，我其實不是無天份，而是未學習，不知道甚麼是文學創作。

大學畢業後，我發現自己仍然喜歡寫作，想繼續學習，所以報讀寫作課，獲得寫作老師的劣評。有次寫作課，要寫一段不記名的課堂寫作練習，然後給老師抽樣點評。老師抽到我的堂課，讀完，嚴肅地罵這個學生寫得真差。當時我想，如果她問是誰寫的請舉手，我絕對不會舉手。當時，我認為自己寫得那麼差是活該被罵。十年過去，現在自己也教寫作，回頭想卻覺得老師罵人很奇怪，我是因為不懂寫作才上課學習寫作的，我誠實面對自己的弱項，並付出努力希望改善，我希望老師也會欣賞這樣的學生，而不是把課室視為精英競技場，只有寫得好的人才獲讚賞。而且，課程是公開招募的，如果報讀需要門檻，那就請收生者負責把關吧。

後來陸續上了一些寫作課，有老師喜歡我的文章，也有老師給我的評價是作品缺點多，沒有天份。也是回頭看，我才覺得大家好像特別喜歡評價一個人的「天份」，老師、家長、學生本人都很關心「天份」，卻很少人關心學生的學習熱情、學習是否快樂。

這兩年，我常常教導一些初學者寫詩，他們最初對詩沒有概念，最初寫的作品看起來就是「沒有天份」的詩作。但因為他們喜歡寫、喜歡讀，繼續學習一至兩年，忽然就頓悟了、懂詩了、寫出了好作品。每一個學生的頓悟，都深深啟發了我：有些學生的作品立即有進步，有些人卻要經歷一段累積時期，才會一瞬間把學到的東西全部連接起來，「忽然」識寫。能否頓悟，要看一個學習者能否堅持學習至頓悟那刻。

2023 年 8 月

2025 年 4 月修訂

租房子寫的詩

星期四晚和學生一起到太子散步與寫詩，我們首先談談大家最近的心情、最近關心的話題，然後到街上漫步觀察，尋找寫作素材。我也在散步途中寫了一首詩。我最近關心的話題是「比較」，沿路留意與「比較」有關的事物，我們走進了一個公園，公園裡有一些獨自坐在長椅發呆的人，看著我們這一群人，獨坐的人旁邊有一排排樹木，就連一棵樹木也有群體，也有其他樹木同伴。

我又留意到一個等候機場巴士的車站，車站資料顯示，坐A車到機場需要三十三元、途經九個站，坐較慢的E車到機場需要十四個半、途經三十二個站。世人都知A車好，的士更好，當然會有人因為喜歡看風景、喜歡省錢或是反正得閒而坐E車，但重點是你可以坐A車而選擇坐E車，而不是別無選擇只能坐E車。

下課後，學生傳來訊息問：「點樣可以咁細緻咁觀察身邊事物嚟搵靈感？好多嘢平時生活習慣咗，睇到時無乜感覺，要陌生化去感覺不同事物嘅特質有困難，例如見到車站牌無諗到搭唔同車嘅選擇其實都係一種意象。」

我想是因為首先有感受，才會在觀看身邊事物時，也看見了自己的感受。最近租了新屋，在找屋的過程裡清晰看見七千、八千、九千、一萬元的房子，每加一千元就是一個不同的居住世界，例如劏房與獨立單位的差距只是一二千元；客廳夠位或不夠位同時擺飯檯和梳化，相差一千元；房間夠位或不夠位同時擺床和衣櫃，又是差一千元……因為想找合適的房子而不斷調高租金預算，但加到某一個千元，就是一個租客可以負擔的極限。租樓的過程，我很想自己可以更有選擇，而不是一個只夠錢坐E車的人。這是我最近一次深刻地看見「現實」。

2023 年 9 月

2025 年 3 月修訂

手工書

因為貪玩而想製作手工書，同時想探索「書」的呈現模式。六月，我與一群寫作班學生相約一起製作手工書、合租寄賣的地方（土瓜灣格仔書店的三個格仔）、並把手工書計劃告訴很多人後，其實，我從未做過手工書。很快來到不得不開工的時間，我在網上尋找手工書教學影片，選擇一個我看得懂的製作方法，然後外出買材料。

我總共做了六十本小書，分四次製作。第一批是在格仔書店開業前趕製的十幾本，幾日賣完，不想一開業便斷貨，立即再做十幾本，這是第二批。最後兩批書做得很慢，有空才印紙、裁紙、縫線。最初兩批書的封面、封底與內頁都在影印鋪印，第三批書原本也打算在影印鋪影，有個晚上想印內頁，住處附近只有一間影印鋪尚在營業，可是老闆說我的紙是不能印的，還態度惡劣地趕走了我。我很好奇我的紙真是不能印嗎？回家用自己的影印機印，效果很好，從此實現用紙自由，以後內頁在家裡印，封面、封底在外面印。

我把很多毛線放進手工書裡。時值初夏，我想做書，同時剛走進了毛線球的美麗世界，而最初想要手縫書，是因為不想用釘子，釘子又冷又硬，毛線又暖又溫柔。後來想把不同材質的毛線都縫進書裡，令讀者觸摸到我喜歡的毛線世界。第一次發現，除了文字，我還可以用觸感來傳達想法。

第一批書在夏天製作，當時買了一些夏紗，也用了棉線、草球、繡花線等線材。轉眼來到冬天，最後一批書的線材變成了毛茸茸的冬日肥線。雖然日子忙碌，但每次停下來手做書本，縫著縫著就覺得很治癒。

2023 年 12 月

2025 年 4 月修訂

我買了一部電子閱讀器

工欲善其事，必先利其器，抱著這樣的想法，我買了大大小小的物件回家，寫作方面，我有各種尺寸與厚薄的筆記簿，我有高矮肥瘦各種顏色的筆……我花了過量的心力挑選器具。繪畫這樣，寫作這樣。這半年的新興趣鉤織也是這樣，我有各種大小的鉤針，有不同的毛冷與素材，我織過的成品很少。

新一年的第二日，我買了一部電子書閱讀器回家。它是我的第一部電子書閱讀器，我原本以為我會首先下載一些試讀的書，當是測試眼睛與機器。可是我本來就有很多書本想完整閱讀，試讀與購書這兩個並不衝突的念頭同時在心裡滋長著，直至寧靜的夜半，理智疲倦了，物慾令我一口氣買了八本電子書，我還不知道自己習不習慣用閱讀器看書。

我打開村上春樹的《身為職業小說家》，兩天看完。閱讀半天且看了半本書時，我已非常驚喜和感動，因為我有不少寫作的困惑，已經困擾了我超過兩年，令我很難好好寫作。而新一年開始，我竟然毫無預期地閱讀了一本書，完全回應了我的困惑。就像是在午後打開窗簾，窗外是柔和飽滿的陽光，明亮的光線全部落在窗外植物的樹葉，是一幅令人呼吸舒暢的草綠色風景畫。

我很喜歡閱讀，而且「書」很好看。我有數次這樣的經歷：困頓時，翻開一本書，在裡面獲得了藥方。困頓時，如果沒有適合傾訴的對象，也沒有一個給你意見的前輩，不如看看書，看看別人如何思考與你相近的苦惱。有時僅僅因為書本帶來的共鳴，也令鬱結紓解了一些。

我有兩次大量閱讀的時光，每次維持四年。第一次是中一至中四，我是中一開始喜歡文學的，那刻猶如來到一個新天地，很想儘快閱讀圖書館的一排排藏書，以把新天地的邊界拓闊。我的閱讀時光是朝九晚四的正式上堂時間，一回校便要到圖書館借書，否則上堂無所事事。有時在抽屜偷看，有時把書放在書桌上看，感謝每個沒有打擾我上堂看書的老師。那時很崇拜寫書的人，因為他們寫書給我看，所以我也想寫作，便在每天放學後，留在學校飯堂寫一兩小時。創作起點的文字都沒有留下來，但感覺和記憶留下來了，那是非常快樂的自由寫作時光。寫來不是交功課，寫了也不用給別人看。

第二次大量閱讀是在中大讀書、工作的四年，因為校園裡有很多圖書館，而且日常學習就是要閱讀文學作品。我一定要讀中文系，其中一個想法是把「讀文學書」變成我人生裡的正經事。這件事從來正經，只是其他人總會要你先做別的「正經事」，意思是獲利的事。中五至中七因為要連考兩個公開試，所有時間都用來溫習，每次回想都有些後悔，因為真是不需要那麼勤力讀書，可以把一些時間用來玩樂、閱讀、認識新朋友與新事物。但當時很害怕考不到大學，因為我是中一開始想讀中文系的。

終於如願以償升大學，是我最快樂的時刻之一。當時我甚至連入學註冊、在迎新營與其他同學玩遊戲時，也會感動得差點流淚，因為夢想成為了真實的生活。我當時也知道夢想成真是珍貴的，但不知道珍貴的程度。

大學三年，我都非常期待課堂結束至考試前夕的兩星期溫習時光，因為溫習就是靜下來好好看書，例如考《左傳》前，我的溫習就是看《左傳》，看得相當愉快，又例如考文學概論，我一邊閱讀張愛玲的〈封鎖〉和〈金鎖記〉一邊深深震撼，感謝老師選擇了相當好看的文本。

離開校園後，工作愈來愈忙，興趣愈來愈多，喜歡的知識範疇不再只是文學，書本也不是唯一的獲取資訊的途徑，讀書的時間少了很多，但看書時，仍經常感到「天啊，書本真是好看」，而且愈是大齡，愈發現書的好看。大概小時候看書，是滿足好奇心、欣賞文字的技藝，而後來累積了人生困惑和奇怪經歷，閱讀時，會有很多聯想和感受，好像是與書本對話。

閱讀的快樂和觀看其他作品、資訊而來的快樂不一樣，可能因為閱讀又安靜又簡單，只有文字就不會眼花繚亂，安靜就可以安心沉思，文字的說話就更能直抵內心吧。

不想思考時，我不會看書，因為書與思考是如此不可分割，寫作與思考也是。如果不想思考卻不得不閱讀或寫作，我會很頭痛。我試過在痛苦時，因為交稿而必須寫作，文字、意念在我腦裡卻像塵埃揚起，我要捉住牠們，好像是在捕捉一隻隻脆弱的蝴蝶，我要如何把一隻隻垂死的蝴蝶排列成為一篇好看的作品呢。

我討厭別人說「不開心的經歷有助寫作」。一個人如果可以開開心心，當然是要開開心心地生活，沒有任何職業或社會角色的責任是「當然是要經歷不幸」。不幸可以摧毀一個人的人生。

另一個狀況是思緒混亂但整個人的情緒狀態尚算平穩，我會用快速書寫的方法，把腦裡一團亂的思緒重新梳理為一個順順暢暢的毛線球，寫完了，人就變得平靜和安穩。

＊＊＊

去年，我因為無法好好閱讀與寫作而一直焦慮，「無法好好寫作」已有兩年時間，只是去年開始認真面對，把日程排列再排列，仍是寫作失敗。有很多時間用來工作或應付日常生活，餘下時間要應付本人作為人類的休息與社交需要，再餘下就沒有時間了。

失敗裡，我逐漸明白我的毛病不在時間管理，而是時間表裡的行程實在太滿，它好像一個連縫隙都塞滿膠袋、紙張的雜物櫃，實在無法放進更多東西，如果勉強再放一排紙巾並把櫃子關上，櫃門就會壞掉。

我一直苦惱於寫作的時間與產出。

《身為職業小說家》的最大提醒卻是：「你在做這件事的時候，心情快樂嗎？」

村上春樹回想自己寫第一本小說《聽風的歌》，從寫作感受到的

「愉悅」、「快樂」一直不變，每天早上醒來，沖一杯咖啡來到書桌，打開電腦，開始思考接下來該寫甚麼，「這種時刻真的非常幸福」。他認為自己寫作時感到快樂，一定也有讀者讀了會感到同樣的快樂。

「如果你從事某一件自己認為重要的事情，但從中找不到自然發生的樂趣和喜悅，一面做著卻不會感到心跳興奮的話，很可能當中有甚麼錯誤的、不調和的東西。這時不妨重新回到原點，把妨礙快樂的多餘零件，不自然的要求，一件件去除。」

我發現我的多餘零件是太想做作家，卻太少時間好好寫作。太想做作家的意思是，我太渴望自己寫作進步，當生活的空餘時間較多，我有大量時間寫作，當然會因為日子有功而進步，但近年餘暇太少，卻又太在意自己可有進步——沒有，完全沒有。壓力和焦慮就不斷敲門了。

有次跟著畫畫老師到戶外寫生，我低頭畫了約莫三小時，畫畫老師走過來指著紙上的一堆樹枝，問我：「你是不是肚餓了？」是的，而且餓得有點血糖低。我想在天黑之前畫完，但我只能坐在長椅吃蛋糕，一邊接受天即將黑的事實。

我的底稿是用鉛筆畫的。坐車回家，吃晚飯後呆坐一會兒，在桌上繼續畫畫。我把鉛筆線擦掉，再參考自己拍的照片，以及網上找到的圖片，修修補補地完成畫作。我以為寫生是要在限時之內原地畫好，原來也可以分幾次畫，可以尋找方法協助自己完成一幅畫。寫作也是一樣吧。間中可以「趕路」，但不能一直都在趕路，會令膝蓋與精神雙重勞損。

我想起了剛開始寫作時，為何寫得快樂？為何人生經歷少卻有很多東西想寫？當時，寫作是我這個初中學生的休息方法。

後來，我常常覺得寫作的過程很疲倦，而我以為這是正常的，我以為寫作的快樂是在看見成品時，以及別人喜歡你的成品時。「趕稿」心態影響了我，一下筆就要完成整個寫作過程：寫初稿、編輯文稿、修飾文稿。寫作過程有時可以用「捱」字形容。

「刻苦耐勞」的華人文化也影響了我，從學校到職場，我們總是強調刻苦，強調苦盡甘來，結果我們習慣了做事的過程很痛苦，很能捱苦，卻不記得快樂的過程也很重要。如果只有結果美好才快樂，要是結果不如人願，那份沮喪會有多深。我反思著，如果寫作過程快樂，成品即使有不少瑕疵，但也會有發亮的部份吧。

村上春樹在書本詳述他的寫作狀態，每天寫作五、六小時，每天寫十張原稿紙。而寫作的步驟，他會首先自由地寫初稿，寫完休息，然後做一次大修改，又再休息，再做下一次的文章修飾。我想像著這種分拆步驟的寫作方法，因為不要求自己一下筆就要寫出「有用的文字」，這種時刻真的非常幸福。

村上春樹的寫作方法，令我想起十年前訪問黃仁逵談散步（文章收錄於《織》），他說：「趕路要有目的地，而散步卻是沿途有很多東西看，走了很久很久也沒有到達原來想到的地方，但不重要，因為你看到的比原先預定的多很多。沿途不知會拾獲甚麼，拾起再算。又不知有沒有用，可能這輩子也都沒有用，不要緊。」

他說，散步是創作方法，未必最有效或最節省時間，但最好玩。

他說，寫作也好玩。但太多人把寫作放上神檯，令這件事嚇怕了自己，這無助於創作。如果寫作與你很親近，你就會覺得很好玩，寫成甚麼樣子都無所謂了。像小孩一樣，玩遊戲是有輸有贏的，但小孩子從來不介意輸贏，有得玩才最重要。是你的思維決定創作離你有多遠。

2024年1月

同一座山

寫作課的練習是請中學生描寫他們生活的社區，可以是居所附近，也可以是學校附近。我說起自己生活了二十年的觀塘山屋邨，無論是在家外或是窗前，抬頭就是漂亮得猶如電腦桌面風景照的山峰。其實，我教的這所學校位於同一座大山，學校與我的舊居只相隔十分鐘車程，下課後，沿著球場邊緣走向校門抬頭一瞥，看見同一座山。

學校的位置較貼近山腳，它對面也有另一座屋邨，曾經住著我的中學好友，我不知道她是否仍住在這裡。中學生的友誼起點是不想一個人坐車回學校，我們每天一起坐車。我已忘記如何與一個原本陌生的人天天找到填滿一小時車程的話題，我們甚至為了一起回校而首先坐巴士到山腳地鐵站集合，誰先到達，誰就負責在便利店買兩份咖啡和早餐，匆匆吃完，再一起穿過行人隧道走十五分鐘路到達較遠的巴士站候車。偶爾我或對方遲了出門，誰都不肯一個人先回學校，寧願一起坐的士回校再分攤車費。

回頭想，這其實是一段內向者與內向者之間的友誼，我們形影不離，不肯首先回學校的原因之一，是不要一個人面對其他同學，我們需要兩個人一起面對其他更陌生的同學。升上高中，我讀文科，她讀理科，完全不影響我們的友誼。我們原本六個要好的同學，兩個文科、兩個理科、兩個商科，除了上堂時間外，上課前、放學後、小息和午飯都在一起玩，而我和好友更是放學後一起補習、假期一起到山腳的公共自修室溫習。她很勤力，可能這是只有我知道的事情，所有片面認識學生的老師都認為，一個學生成績不夠好，原因只有「不夠勤力」。中學時，很多同學勤力學習卻不想給老師知道，就是因為不想老師知道「低分」是已經很勤力學習的結果，因為懶惰而低分聽起來比較有尊嚴。

學業上，我和她之間，我可能較懶，如果不是她想到自修室溫習，我未必會花那麼多時間溫習公開試，對我來說，我想和朋友一起，無論是逛街或是到自修室，也只是一個活動。我常常抵受不住誘惑，到圖書館找本小說看，在書架旁邊看著看著，她發現了我，帶我回自修室溫習。會考放榜，結果卻是我升上預科，她不夠分數原校升學，轉到大陸升學。其實，只要她的公開試考多一分，我們就可以一同升中六，而如果我們一起升中六，我們的友誼會不會因為在同一個空間、面對同一場難關而更長久？

每個人的世界都在不斷改變，疏遠的關係反而容易長久，反正不太了解彼此，也不渴望互相了解，親近的關係卻是太易發現彼此變了。當我大學畢業，她已結婚且有子女，年輕家庭主婦是一個我無從代入的角色，相反，職場是她無法理解的概念。我們曾經拼命聯繫，最後還是愈走愈遠，斷了聯絡。我也曾在這屋邨替一個中學生補習中文，他的最大興趣是畫畫，認為懶惰是人類進步的最大動力，我也記得他的貓咪叫柑仔，一身柑色的毛髮。不知道貓還在不在。

光是抬頭一瞥學校圍牆外的屋邨與山景，我的心裡已充滿觸動；光是從學校走到山腳地鐵站的十分鐘路程，我的思緒也常在回憶遊走，這是我從小學開始走的下山路，不經不覺已經下山。

如何可以單憑講解令學生明白景物之「觸動」？何況，我們不可能替學生創造「觸動」。每個人的生命，都有它的運行時間表。

2024 年 10 月
2025 年 3 月修訂

寫作課

我問了你的名字我又不記得
我見了你的樣子我又不記得
今天要教三堂課
今星期八堂
去年幾百學生來了又去
今年也是一樣

你慢慢收拾書包
第一堂下課
——堂課會唔會畀分？
——你想唔想要分數？
——我哋呢度咩都畀分
　我小學作文九十幾分，中學六十幾
　有個同學好勁，佢七十幾分
旁邊的同學
——高分可以鼓勵人
——低分唔鼓勵創作
你背著書包走到課室門口
——我哋平日寫文有個格式
——好嚴

——今日第一次寫這種作文
「堂課：
先觀察
寫乜都得
點寫都得」
——幾好玩

我問了你的名字晚課前不記得
我見了你的樣子一年後不記得
但我寫了一首
一年後十年後不記得就看看
就記得的詩
你背著書包開開心心地
——老師拜拜

2024年1月

2024年12月修訂

界限書店 ▌ BOUNDARY BOOKSTORE

作　者——趙曉彤
責任編輯——林逆
插　畫——June Ho
封面設計——4res
排版設計——4res
校　對——廖詠怡　陳家敏
出　版——界限書店
香港發行——泛華發行代理有限公司
電話 852 2798 2273
台灣發行——紅螞蟻圖書有限公司
電話 886 2 27953656

版　次——2025 年 7 月（初版）
國際書號——978-988-71459-0-5
建議售價——港幣 128 元
台幣 480 元